JN089671

新川帆立

HOTATE SHINKAWA

縁切り上等！

離婚弁護士　松岡紬の事件ファイル

新潮社

縁切り上等！　離婚弁護士　松岡紬の事件ファイル　目次

装画　田中海帆

縁切り上等！

離婚弁護士　松岡紬の事件ファイル

第一話　くやしくば尋ね来て見よ松ヶ岡

1

ケダモノがいる。この世は修羅だ。

牧田聡美は走り続けた。ゴミ出し用のゴムサンダルが、ペッタン、ペッタンと、調子の外れた音を立てる。

北鎌倉駅の階段を必死に駆けおりる。

肩に担ぐようにして抱いた腕の中で翔が、激しく泣いていた。唾が聡美の頬にかかる。立ちどまってあやしてやりたい衝動に駆られた。

だがとまることはできない。

駅のホームにあの人がいた。夫の亮介だ。聡美が実家に戻るとふんで、先回りしていたのだろう。

息がとまるかと思った。とっさに身を低くする。人混みにまぎれるようにしてホームを離れた。聡美の姿は見られていないはずだ。だが翔の泣き声に気づかれたかもしれない。

このまま東口を出れば、十分ほどで実家につく。逃げきれるだろうか。

何かがあごに触れた。翔の手だ。

生後十カ月になり、視覚がはっきりしてきたようだ。人見知りをするようになったし、周囲の物に興味を示すようにもなった。最近はもっぱら、聡美のくちびるや鼻に手を伸ばし、力いっぱいつかんで、もぎ取ろうとする。

　涙がほろほろと頰をつたった。翔は聡美のあごをつかみながら、不思議そうに口をすぼめた。ピンク色の小さいくちびるは、可憐で神々しい。涙でかすむ視界に、そこだけポッと桃の花が咲いたようだった。

　翔を抱いた両腕に力をこめる。向きを変えて、走りだした。右手に握りしめた切符を改札機にねじこみ、西口を走りぬけた。

　東口から実家に帰っては、きっと亮介に見つかってしまう。他の場所に逃げなくてはならない。だが行くあてはなかった。

　このあたりにあまり土地勘はない。子供の頃は横浜の社宅に住んでいた。両親が北鎌倉に居を構えたのは、定年退職後だ。そのときには聡美は就職し、家を出ていた。年に数回帰省していたが、駅の反対側に足を向けることはほとんどなかった。

　周りの人が不審そうに顔を向けてくる。

　秋の入り口、良く晴れた日曜の午後だ。鎌倉の市街地から少し離れた北鎌倉にも、多くの観光客が足を延ばしていた。彼岸花が秋風にゆれていかにも涼やかだ。平和な景色の中で自分だけぽっかり浮きあがっているようだった。

　駅前の道は狭い。片側一車線の道路の脇に五十センチほどの歩道がある。観光客の流れに乗って東南方向へと進んだ。

「聡美！　待ってくれ聡美！」

駅のほうから亮介が叫ぶ声がした。トレンディドラマのような台詞にゾッとする。前を歩いていた中年女性二人が空をあおぎ見るように振りかえり、視線を落として、聡美の顔をじっと見た。

聡美は顔を伏せて歩みを速める。ゴムサンダルがこすれて足の裏が痛い。翔は一段と大きな声で泣いた。

「泣かないで、声を出さないで」

懇願するように小声で言うが、赤ん坊に届くはずもない。

道路の向こう側に人だかりが見えた。

縁切寺として名高い「東衛寺」である。

聡美も三カ月前に、女子大時代の友人である沙也加と明里と一緒に訪れた。

沙也加には片想いの相手がいるらしい。片想いの相手と、そのパートナーの縁が切れるよう祈願したいのだそうだ。

明里は職場の嫌な先輩と縁を切りたいという。今度の人事異動で先輩が他の部署に異動することを望んでいた。

二人には結婚式の二次会の幹事を頼んだこともある。誘いは断りづらかったし、実家が近いので、ついでに帰省することもできた。あのときは漠然と「悪縁が切れますように」と祈った。日々の生活に精いっぱいで、具体的な願いごとを思いつかなかったのだ。

だが今となっては、何が悪縁なのか、はっきり分かる。

「聡美！　聡美！」

後ろから呼ぶ声がする。

隠れる場所のない一本道だ。このままだと遅かれ早かれ追いつかれてしまう。

必死に周囲を見回した。あがった息を整える暇もない。

「ねえ、あなた」

そのとき、目の前から急に声がかかった。

小柄な女性が立っていた。

西洋人形みたいな人だった。息をのむほど綺麗だ。

こざっぱりした白い麻のワンピースを着ている。茶色がかった髪を後ろで簡単にシニヨンにしていた。二十代半ばから後半くらいに見えるが、童顔のせいで年齢不詳の感があった。本当はもっとずっと年上かもしれない。

「こっち、おいで」

女性が手招きをした。

聡美は動けなかった。「いや、あの」

「急いで」有無を言わせない口調だ。

女性は聡美の腕をつかみ、引っぱった。

引っぱられるがままに、小走りで数メートル進む。

歩道で腰をかがめている作務衣(さむえ)姿の老人と目が合った。落ち葉を集めていたらしい。老人は聡美の顔をじっと見て、目を逸(そ)らした。ため息を漏らす声が聞こえた。

女性は、駐車場の一画にそびえ立つ蔵(くら)の前でとまった。こんなところにポツンと蔵があることに驚く。前に東衛寺を訪れたときは、周囲にまで注意を払っていなかった。女性は格子戸をがらりと開けて、中の暗がりを手で示した。

「おはいり」

聡美はひと思いに飛びこんだ。女性もすぐに後に続く。一番外側の観音開きの土戸を閉じ、一枚内側の板戸を閉じ、さらに格子戸を閉じる。あたりは真っ暗になった。

火がついたように翔が一段と激しく泣きはじめる。急に暗くなって怖いのだろう。

女性がごそごそと動く音がして、パチンという音とともに明かりがついた。

板張りの文庫蔵になっていた。全体がダークブラウンの木材で統一されている。二階へとあがる急勾配な階段が壁際にある。聡美たちがいるとっつきには下駄箱が置いてあった。

その先はカフェのようなつくりだ。左側にカウンターがある。中にミニキッチンがあるのが見えた。スパイスのようないい香りが鼻をくすぐる。コンロが二つと小さいシンクがあるだけのキッチンだが、かなり本格的な料理をしているのかもしれない。

普通のカフェと違って、テーブルセットは一揃いしかない。大きなコーヒーテーブルを囲むように、三人掛けのソファが一つ、一人掛けの椅子が三つ置いてある。つめて座っても六人しか入れない。

細長くのびた部屋の奥には、使い込まれたスチール製の事務机が見える。木製のものばかりが置かれたこの空間で、その机だけがスッと冷たく浮きあがって見えた。

「あのう」外から亮介の声がして、血の気が引いた。「すみません。赤ん坊を連れた女性がここを通りませんでしたか？」

「ええっ？　何だって？」

誰かが大声で訊きかえした。声色から、高齢の男性のように思えた。先ほど道ですれ違った作務衣姿の老人だろう。

心臓をきゅっとつかまれるような緊張が走った。老人と聡美は目が合った。顔を見られたように思う。赤ん坊を連れていたことも見ているはずだ。

翔は泣き続けている。身体ごと揺らしてあやしても、泣きやむ気配がない。泣き声は外にも聞こえているだろう。

「赤ん坊を連れた女性を見ませんでしたか？　小柄で、三十歳くらいで、髪を後ろで一つ結びにした地味な女です」

地味な女、という言葉が胸に刺さった。

亮介は「聡美の清楚で控えめなところが好き」と言って結婚した。それなのに結婚後は、「なんでそんなにパッとしないの。元の顔が地味なんだから、化粧くらいしたら」となじった。子育てでそれどころではないと反論したが、「会社の杉山さんは、産後一カ月で復帰したけど、服装も化粧もびしっとしてるよ」と言われた。

「赤ん坊を連れた女だあ？」

自分の心臓が高鳴る音が聞こえる。

「お兄さんね、ここをどこだと思ってるんだい？　東衛寺の門前だよ。十三世紀から七百年以上、縁切寺、駆込寺として名高いこの場所ですよ。昔はね、女の人から離婚ってのができなかったんだ。どんなにひどい亭主でも、亭主側から三行半、まあ離縁状だな、それをもらわないことには、離婚できない。だがこの東衛寺に駆け込んで、足かけ三年をすごせば、特別な寺法で離婚が認められた。だからここは女人救済の聖地で――」

「あの、だから、赤ん坊を連れた女性を見かけませんでしたか？　泣き声も聞こえますよね？」

亮介がいらだっている。

「赤ん坊を連れた女性なんて、ここらには沢山いる。いちいち覚えてないね」

老人の答えにほっと胸をなでおろした。

亮介の舌打ちが聞こえてくるようだった。思い通りにならないと、すぐに機嫌を損ねる。だが外面はいい。見ず知らずの人に対して失礼な態度をとることはないだろう。

足音が蔵の前を通りすぎる。遠ざかっていくのを、息をとめるようにして待った。

「大丈夫？」

女性が靴を脱ぎながら振りかえった。

気づかわしげというよりは、どこか浮ついた口調だ。この状況を楽しんでいるようにも見えた。

「あがっていきなよ。お茶いれるよ」

「いいんですか？」

「うんうん、大丈夫だよ。こういうことは、よく、あるからね」

女性は振りかえりもせず、カウンターの中に入っていった。

今外に出ると、亮介と鉢合わせるかもしれない。一時的にでもかくまってもらえると都合がいい。

「それでは、お言葉に甘えて……」

聡美は控えめに言ったが、女性の耳に入ったかは分からない。

周囲に視線をめぐらす。蔵の天井は民家よりやや低い。米や作物ではなく、宝物や巻き物などを保管するための蔵に見えた。

お洒落なカフェに改装されたような跡があるが、事務机がある奥のほうの空間は、オフィス風に改装されている。結果として、ごちゃっとした古い住宅風の空間に仕上がっていた。

窓はぴったりと閉じられ、外の光は一切入ってこない。扉のほうを振りかえると、そこもしっかり閉じられている。

カウンターから女性が首を出した。きょろきょろする聡美を見て笑った。

「大丈夫だよ。窓は鉄扉、鉄格子、障子戸の三重になってる。出入口の扉も三重。外には防犯カメラも設置してある。外壁は漆喰仕上げで防火性もある。鉄壁の守りだよ」

「えっと、何の話を……」

「あなた、旦那から逃げてきたんでしょ？」

女性が小首をかしげた。それだけの動きなのに、とんでもなく可愛らしい。同性の聡美ですらドキッとしてしまう。

「まっ、そのへんに、座りなよ」

女性はカウンター前のソファを指さした。

聡美はおずおずと腰かける。深呼吸をした。久しぶりに息をした気分だった。翔は泣きつかれたのか、うとうとと眠り始めている。静かにソファに寝かせた。

息を整えていると、まもなく女性がお盆を持ってカウンターから出てきた。

「ほうじ茶と、お茶請け昆布。最高なんだよ、これが」

ニコニコしながら、コーヒーテーブルに茶器を並べていく。

「ほらほら、どうぞ」

勧められるままに、ほうじ茶に口をつける。温かな苦みに、ほっと気持ちがほぐれた。喉が渇いていたことに今さら気づいた。身体じゅうに水分が染みわたっていく。

お茶請け昆布は、カラリと揚げた昆布に砂糖衣がまぶしてある。甘じょっぱい刺激に唾液があふれでた。

「これ、美味しいですね。どこのですか？」

思わず尋ねると、女性は得意げに笑った。

「これねー、私が作ったの！　出汁用の昆布を揚げてさ。これだけでお茶何杯でもいけるよねー。お茶漬けに入れてもおいしいし、最高の食べ物だよ、昆布っていうのは」

つられて笑いそうになったとき、外の扉をドンドンッと叩く音がした。

ぎょっとして身を固くする。

「おーい、紬先生。開けてくれ」

外から、先ほどの老人の声がした。

女性は立ちあがり、扉へ歩みよった。

「お父さん、もう外は大丈夫なの？」

「大丈夫。さっきの男はどこかに行った」

女性が三重に閉められた扉を一つずつ開けていく。

作務衣姿の老人が顔を出した。サンタクロースのような、いかにも好々爺然とした風貌をしている。よく見るとはっきりとした目鼻立ちだ。若い頃は相当な美男子だったのではないかと思われた。

外で作業していたせいか、頬はりんごのように赤くなっている。

「ああ、いらっしゃい」目尻に深い皺をよせて、聡美に笑いかけた。

靴を脱いで蔵に入るとすぐ、コーヒーテーブルの上をのぞきこんだ。

「あっ、お茶請け昆布だな。俺も食べたい」

「はいはい」

と言いながら、女性はカウンターの中に入っていった。

「それで、どんなご相談なんですか？」老人が穏やかな口調で言った。

「相談？」困惑して見つめかえす。

「あんた、依頼人じゃないのか？」

女性はカウンターの中から顔だけ出した。「困っているみたいだから、かくまっただけだよ」

老人のぶんのほうじ茶とお茶請け昆布を出すと、パタパタッと階段をのぼり、すぐにまたおりてきた。

片手に名刺入れを持っている。クリームがかった卵色で、小さなリボンがついた可愛らしいものだ。名刺を取りだし、聡美の前に置いた。

『松岡法律事務所　弁護士　松岡 紬』

「私は松岡と言います。紬先生って呼ぶ人が多いかな。弁護士をしていて、ここは私の事務所なんですよ」

　今日の夕飯はカレーライスなんですよ、というような何気ない口調だった。聡美は紬先生の顔をまじまじと見た。つるりと均整のとれた顔を見ていると、アナウンサーだとか、女優だとか言われても信じてしまう。

　聡美はこれまで、本物の弁護士を見たことがなかった。ドラマで出てくる女性弁護士は、肩で風を切って歩くスーツ姿の女性ばかりだ。

　こんなにふんわりとした雰囲気の人が弁護士をしているなんて想像がつかなかった。

「弁護士の先生なんですか？」

「そうなんですよ」紬先生は鷹揚に答えた。「うちは離婚事件専門でやってます。こっちはうちの父、松岡玄太郎というのですが」

　玄太郎と呼ばれた老人が軽く頭をさげた。

「父はすぐ向かいの、東衛寺で住職をしていたんです。今は住職を引退して、この事務所を手伝ってもらっています」

「お二人は親子、なんですね」

　二人の顔を見比べる。言われてみれば、すっきりとした鼻筋や丸い目が似ている。

「紬先生と呼んでらっしゃったから、てっきり他人だとばかり」

「呆れちゃうでしょ?」紬先生が苦笑した。「うちの父は本当に親馬鹿で、私が弁護士になったことに舞いあがって、『紬先生』と呼んでくるんですよ」

「親馬鹿で何が悪い!」玄太郎が言いきった。「うちの娘が弁護士先生になったんだ」

堰(せき)を切ったように玄太郎は語りはじめた。

紬先生は、縁切りで名高い東衛寺の末娘だという。兄が二人いる。長男が住職を継ぎ、次男は県外で就職した。

紬先生は法科大学院を卒業して、三度目の挑戦で司法試験に合格した。

「こいつは昔からのんびり屋で、浪人中ものほほんとすごしていたんです。見ている周りのほうがやきもきしましたよ」

浪人中も玄太郎が生活の面倒を見ていたし、晴れて弁護士になった今でも実家に住まわせているという。末娘には大甘の様子だ。

玄太郎が語るあいだ、紬先生は「またはじまった」と言わんばかりに顔をしかめていた。だが照れも否定もしない。

「目の前に縁切寺があるでしょう。離婚専門の法律事務所を開くには、ここはちょうどいい立地なんですよ。離婚したい人がこのあたりに沢山やってきますからね。この蔵は父が所有していますが、もともとはカフェが入っていたんです。私が独立を考えていた時期にカフェが閉じることになったので、事務所として使わせてもらうことにしました」

玄太郎は目を細めてうなずいた。

聡美にとっては、別世界の住人たちのようだった。周囲の愛情を一身に受けて、紬先生には余裕と自信がただよっていた。

聡美自身、家庭環境は恵まれているほうだ。地方銀行勤務の真面目(まじめ)な父と、専業主婦の母との間に生まれた一人娘だ。高校までは横浜で育ち、東京の女子大を出してもらった。

恵まれているはずなのに、聡美の中はふにゃふにゃと生焼けで、確固たるものがなかった。地道にコツコツ生きてきたが、何か成し遂げたことがあるかというと、何もない。

ため息をついて、湯飲みに視線を落とした。茶柱(ちゃばしら)は寝ている。自分にお似合いだと思った。

2

聡美は女子大を出て、大手電機メーカーの子会社に就職した。

秘書業務からはじまり、総務全般の業務を担うようになる。

夫となる牧田亮介に出会ったのは、入社五年目で、仕事がだんだん楽しくなってきた頃だ。亮介は、親会社に出入りしている税理士だった。数カ月に一度、子会社にも顔を出す。書類整理を手伝っているうちに会話を交わすようになり、食事に誘われた。

社交的で決断力のある亮介はまぶしかった。大人しくて自信のない聡美にとっては、自分にないピースを亮介が埋めてくれるような安心感があった。

亮介は年収が高く、上昇志向も強かった。デートでのエスコートも完璧だったし、見た目も悪くない。ただ、一緒にいるとき、急に不機嫌になることがたまにあった。だがそれは、仕事が忙しくて疲れているせいだろうと思っていた。

聡美の二十九歳の誕生日のとき、亮介がプロポーズしてきた。聡美は照れながら「お願いします」と返した。これを逃したら、もう結婚できないような気がした。横浜の大きな式場で、友人たちがうらやむ豪勢な結婚式をあげた。武蔵小杉の新築マンションで新生活がはじまった。

結婚してすぐ聡美の妊娠が発覚した。歯車が狂いはじめたのはその頃だ。聡美は特につわりがひどいほうだった。吐き気で仕事も家事も満足にできない。亮介は怒った。自分では家事を一切しないくせに、家の中が整っていないと我慢ならないようだった。

迷った末に、聡美は仕事を辞めることにした。後ろ髪を引かれる気持ちはあった。給与は安かったが、職場の同僚たちとは良好な関係だったし、仕事も楽しかった。だが自分にとって大切なのは、亮介とお腹の中の子供だと思った。仕事と家庭の両方を追いもとめるのは欲張りなのかもしれない。両方とも中途半端になるのは嫌だった。

仕事を辞めたいと亮介に伝えると、亮介は薄く笑った。

「女はいいよな。すぐに逃げられて」

聡美は何と答えていいのか分からなかった。逃げているつもりはなかった。身を切る決断をしたつもりでいた。

「違うの。家のことをきちんとしたくて――」

「仕事をしていないなら、家のことはきちんとしてね」

亮介は大げさにため息をついた。

税理士だからか、お金の使い道にも口うるさかった。聡美は毎月、一円単位で家計簿をつけて亮介の前で収支報告をしなければならなかった。計算が合わないと、ねちねちと責められる。

もらっている生活費も十分ではなかった。もう少し生活費をくれないかと頼んだこともある。「お前は金を稼がないんだから、節約するのが仕事だろ」と言い捨てられてしまった。人から「お前」と呼ばれたのは初めてで、驚きのあまり反論の言葉を失った。

大きな腹を抱えて、遠くの激安スーパーまで行った。投げ込みチラシを熟読して、特売日はもちろん逃さない。通信費を抑えるために格安スマートフォンに買い替えた。

だが今思うと、妊娠中はまだ平和だった。本当に苦しくなったのは翔が生まれてからだ。翔は予定日より三週間以上早く生まれた。

それまで痛みは全くなかったのに、ある日の朝、急にじわじわと腰痛がはじまった。亮介に話そうかとも思ったが、迷っているうちに亮介は仕事へ行ってしまった。腰痛はだんだんと強くなった。午後九時を回っても、亮介は帰ってこなかった。十時をすぎて「後輩と飲んで帰る」とメッセージがきた。聡美は腰の痛みを訴えたが、「明日病院に行ってみたら」と返信があっただけだ。

腰痛で一睡もできなかった。午前二時、はうようにしてトイレに行ったら、少量の出血があった。恐ろしくなって病院に電話すると「今から来てくれ」という。

一人で立つことはできなかった。雨傘を二本使って、松葉杖のように体重をのせながらなんとか外に出る。タクシーをつかまえて自力で病院に向かった。

朦朧とする意識の中で亮介に何度か電話したが出ない。

やっとの思いで分娩室に入ると、あとは早かった。ものの三時間ほどで生まれたばかりの翔を腕に抱いたとき、意外なことに感激や喜びは込みあげなかった。ただホッとした。一人でやり切った。思えば、聡美の人生で一番達成感を味わったのは、このときだったかもしれない。

午前六時頃、病室でスマートフォンを見ると亮介からメッセージが入っていた。「なんで家にいないの？　男でもできたの？笑」とある。脱力した。病院からは亮介にも連絡がいっているはずだ。留守番電話を確認していないのだろうか。気持ちがすうっと引いていくのを感じた。

しばらくすると聡美の両親が駆けつけた。亮介がやってきたのは、昼前になってからだった。その日は土曜日だった。これが平日だったら、亮介は来なかったかもしれない。

翔が生まれてからの記憶はとびとびだ。

夜泣きが激しい子だった。翔が泣きはじめると、亮介は迷惑そうに顔をしかめ、ブランケットを持ってリビングルームのソファへと移動する。

北鎌倉の両親を頼ろうかとも思った。だが、父は腎不全（じんふぜん）が進行しており、人工透析に通っている。年金暮らしのなか、治療費も馬鹿にならないようだ。母は父につききりで世話を焼いていた。両親には心配をかけたくなかった。

帰宅したときに夕食ができていないと亮介は不機嫌になる。けれども亮介の帰宅時間は日によって違うし、連絡なしに外で食事をとってくることもある。限られた食費を考えると、つくった料理を無駄にするわけにはいかない。翌日の昼間、聡美が残飯を食べた。人と話すこともない。声の出し方すら忘れていく。

休日はさらにみじめだった。亮介は昼すぎまで寝て、食事をとるとソファでダラダラしていた。聡美だけが慌ただしく動きまわっている。

翔が泣いていても亮介はお構いなしだ。それが一番こたえた。我が子が泣いているのに放っておけるなんて、どういう神経をしているのだろう。そう思ってイライラしていると、ふと、まだ亮介に期待している自分がいたのかと驚く。

亮介に手伝いを頼んだこともある。だが亮介は、「じゃあお前は、俺の仕事を手伝ってくれるわけ？」と言った。

「別に男尊女卑ってわけじゃない。役割分担だろ。俺は外で稼ぐ。お前は家事と育児をする。お前が外で働いたところで俺と同じくらいは稼げない。だからこうやって役割分担したほうが合理的。すごくフェアな話じゃん」

対等な関係で役割分担をしているだけなのか。それならどうして、亮介はいつも偉そうで、聡美は亮介の機嫌をうかがってばかりいるのか。

「でも……」聡美が口を開くと、亮介はぎろりとにらんだ。威圧されそうになりながらも、必死に言葉を続ける。

「私もたまには休みたくて」

ぜいたくは言わないから、せめてぐっすりと眠りたかった。最後に三時間以上まとめて寝たのはいつだったか分からない。

「俺は忙しい仕事をやりくりして、なんとか休日を作ってる。お前ももうちょっと、頭使って工夫したらどうなの？」

翔が生まれてからも、亮介から渡される生活費は変わらなかった。亮介の生活も変わっていない。休日に友人たちとゴルフに出かけることもあるし、飲みに行くこともある。それらはいずれも「俺が工夫して捻出（ねんしゅつ）した自由時間」ということになっていた。

それでも聡美はめげなかった。仕事だと割りきって、毎日働くつもりで家事や育児をこなそうと試みた。同僚もいないし、ボーナスもない。孤独な仕事だ。平気な日と、涙がとまらない日があった。だが、なんとか日々、踏んばっていたのだ。

限界が近いことは自分でも分かっていた。

昨日のことだ。

土曜日の昼さがり、亮介はリビングルームのソファで横になっていた。ビールを飲み、テレビを見ながらくつろいでいる。片手でしきりにスマートフォンをいじっていた。夜間や休日に仕事のメールを返していることもある。聡美はあまり気にしていなかった。

しばらくすると、亮介は寝入ってしまった。スマートフォンを握った腕がソファからにょきっと飛びだしていた。力がゆるんだのか、亮介の手からスマートフォンが落ちた。ゴトッと音がしたが、亮介は起きない。よほど仕事で疲れているのだろうと思った。最近は常に帰りが遅かった。

近寄って、落ちたスマートフォンを拾う。

中を見るつもりはなかった。ただ、目に入った。

茶色と黄色で配色されたアプリ、カカオトークが開かれていた。

トーク画面に名前は一つしかない。「S♡Aya」である。

名前の横に③と表示されていた。未読メッセージが三件きているということだ。最後に送られたメッセージには「今日もあのフレンチだよね？　楽しみ！」と記されている。

手が震えた。

とっさにスマートフォンを伏せて、元の落下位置に戻した。

深呼吸をしながら、寝室へ移動する。ベビーベッドで寝ている翔の寝顔を見つめた。

亮介は浮気をしている。

LINEでやり取りをすると、妻にバレやすい。だから最近は、浮気相手とカカオトークでやり取りをするらしい。女性誌のコラムで読んだことがある。

そうと気づくと、亮介の怪しい言動はいくつも思いあたった。

土日でも夕方から出かけることはざらにあった。友人と飲むと聞いていたが、亮介の友人を紹介されたことはない。

平日の帰りも遅い。週に一度ほどは朝帰りがあった。

聡美は翔の世話に必死で、亮介の話を鵜呑(うの)みにしていた。それぞれの仕事を頑張ろうと、自分を納得させていたのだ。亮介だって徹夜で仕事をしている。だから聡美も、多少育児が大変で、睡眠不足が続いていても頑張ろうと考えていた。そう考えるほうが気持ちが楽だった。

S♡Ayaという名前が頭の中でぐるぐると回った。亮介の話の中で、よく「杉山さん」という人物が登場する。同じチームに所属する女性税理士で、亮介の後輩にあたるらしい。

とても優秀で、産後一カ月で仕事に復帰し、バリバリと働いているという。Sは杉山のSなのではないか。

杉山あや。

口の中だけでつぶやくように言ってみた。なんとなく、華やかな女性の姿が浮かんだ。地味顔の聡美とは正反対のタイプの女だ。

夕方、亮介は平気な顔で出かけて行った。とめたり、問いただしたりできなかった。気が動転して、どう対処していいか分からない。普段より入念にトイレの掃除をしたり、風呂のカビをとったりする作業に没入した。身体はくたくたのはずなのに、不思議と疲れは感じなかった。亮介は夜遅くに酔っ払って帰ってきた。

自分の中で何かがプチンと切れたのは、翌日、つまり今日のお昼だった。

亮介と向かい合ってガパオライスを食べていた。正確には、ガパオライスを食べていたのは亮介だけだ。聡美は翔に離乳食を食べさせるのにかかりきりで、自分の食事どころではなかった。

テーブルの上で亮介のスマートフォンが震えた。画面は伏せられていた。杉山からの連絡ではないかと思った。

亮介はスプーンを皿のふちに置いて、スマートフォンに手を伸ばそうとした。だが動きが雑だった。スプーンが皿の上で跳ねて、床に落ちた。亮介は構わずスマートフォンを手にとり、いじりはじめた。

聡美は何も言わず、翔へ離乳食を与え続けた。しばらくして亮介が口を開いた。

「ねえ、スプーン」

その言葉を聞いて、聡美の身体は急に震えはじめた。自分でも訳が分からなかった。涙が一気にあふれ出した。

亮介は、落としたスプーンを拾えと言っている。新しいスプーンを用意しろと言っている。それも聡美の仕事だと。

やっと自分の気持ちに気づいた。聡美は怒っていたのだ。今までは自分の怒りにすら目を向けていなかった。直視するのは恐ろしかった。

聡美は翔を抱いて立ちあがった。離乳食で汚れた翔の口をさっとふく。何も言わずに玄関へと向かった。

「えっ？　何？」

ワンテンポ遅れて、亮介が追ってきた。

聡美は焦った。ゴミ出し用のゴムサンダルをつっかけ、下駄箱の上においてある集金用の小銭入れをつかみ、家を飛びだした。

追ってくる亮介を振りはらうように走り続けた。電車に駆け込む。亮介を振り切れたようだった。スマートフォンすら家に置いてきた。行くあてはなかったが、足は自然と実家のある北鎌倉に向かっていた。幸い電車で一本、四十分ほどの距離である。

電車の窓に映った自分の姿を見てあぜんとした。ジーンズにくたくたのネルシャツを着ている。すっぴんで髪もぼさぼさだ。「生活に疲れたおばさん」というのが、ぴったりな言葉だった。まだ三十一歳になったばかりだ。独身で働いている元同級生たちは、しゃきっとしている。どこで道を間違えたのだろう。

だが、自分がみじめだとは思わなかった。腕の中にある小さい命だけが聡美の誇りだった。翔を立派に育ててみせる。

電車の揺れが心地よいらしく、翔はエヘへと笑った。笑った顔は亮介そっくりだった。

今はこんなに可愛いこの子も、歳を重ねると亮介のような男になるのかと想像して、背筋が寒くなった。亮介のそばにいてはならないと、強く思った。

電車が鎌倉方面に近づくにつれ、聡美の決心は徐々に固まっていった。

3

「先生、私、離婚したいんです」

聡美の口から言葉がもれた。

ほうじ茶をすすっていた紬先生は顔をあげた。

「さっき追いかけてきた、あの旦那さんと？」

「そうです。私、精一杯頑張ってきたつもりです。我慢もしてきた。だけど、私が我慢し続けるのは、この子のために良くないんじゃないかと思うようになりました」

ソファで眠る翔に視線を落とした。紬先生もつられて翔を見る。「可愛いね」と小さくつぶやき、口元にえくぼを浮かべた。

「明日にも離婚届をもらってきて、夫に突きつけてやります。あの人はどうせ子供に興味がない。親権でもめることもないでしょう。さっさと離婚届に記入して、もう、明日か明後日には役所に出す。私は実家に戻って就職活動をする。新しい生活をはじめるんです」すらすらと言葉が出てきた。

頭のどこかで無意識に考えていたことなのかもしれない。

「あっ、それは、ちょっと」紬先生が身を乗りだした。両手をパーのかたちにして、こちらに向けている。「ちょっと待って。まだ離婚しないほうがいいかもしれない」焦ったように早口で言った。

「えっ、なんでですか?」言葉に不快感がにじんだ。

せっかくの決意表明に、冷や水を浴びせられたような気がしたのだ。

「そうですよ。お嬢さん」玄太郎が口を開いた。「寺法でも、足かけ三年、丸二年は寺に滞在することでやっと離婚が――」

「お父さんは黙ってて」

紬先生がぴしゃりと言った。玄太郎はすねたように口をとがらせ、カウンターの奥へ引っこんだ。

「まず確認したいんだけど、旦那さんと離婚について話し合ったことはあるの?」

「ないです」

「喧嘩したりは?」

「ほとんどないです。私が何か言っても、すぐに言いくるめられてしまって、喧嘩になりませんから」

「どうして離婚したいと思ったんだっけ?」

「夫は家事や育児に非協力的で、態度も高圧的なんです」

言葉にすると陳腐だった。大したことないようにも聞こえる。奴隷のような境遇に耐え抜いた気分でいた。だがよく考えると、暴力を振るわれたわけでもない。不十分とはいえ、生活費も毎月渡されていた。

「あっ、あと、浮気してると思います」

「浮気ね」

口調は落ち着いているが、紬先生の目が一瞬、光ったような気がした。

「いつ浮気に気づいた?」

「昨日です」

聡美は言葉を選びながら、浮気を見つけた経緯を説明した。家を飛びだしたところまで一気に話す。数秒の沈黙の後、紬先生はやっと口を開いた。

「じゃあ、旦那さんに、浮気のことは尋ねてないのね?」

「尋ねてません。私が家を飛び出したから、浮気がバレたと思っているかもしれませんが」

「うんうん、そっかそっか」

紬先生はふっと口元をゆるめて微笑んだ。「パートナーの浮気に気づいたとき、すぐに問い詰めない。これ、離婚を有利に進めるための鉄則だよ。つらいだろうけど、ぐっとこらえて、相手を泳がせたほうがいい。あなたもよく耐えたね」

まっすぐ向けられた目には、初夏の海のようにゆったりと暖かくて、明るくて、それでいて何か楽しいことが始まるかのような期待感が浮かんでいる。

「もう大丈夫だよ。これまでよく頑張ったよ」

その言葉を聞いて、憑き物が落ちたように心がすっと軽くなった。ずっと誰かに褒められたり、労られたりしたかった。これまで誰も、聡美の頑張りを見てくれていなかった。

いつの間にか、聡美の頬を涙がつたっていた。今日何度目の涙か分からない。涙腺がおかしくなってしまったようだ。

「お父さーん、羊羹か何か、出してよ」

紬先生が後ろへ首をねじった。

「はいはい」玄太郎の声が返ってくる。

「さっき、まだ離婚しないほうがいいかもって言ったじゃん。それには訳があって。そもそも離婚って、どうやったらできると思う?」

聡美は戸惑いながら答えた。「えっと、離婚届を出す?」

「そう。それが一番簡単な方法ね。離婚について二人で合意ができているとき。合意にもとづいて離婚届を出せばいい。じゃあ、一人は離婚したいけど、もう片方は離婚したくないときは?」

「裁判になるんでしたっけ?」

「もめにもめたらね。まずは離婚について合意できないか、交渉してみることが多いかな。交渉が無理そうなら、家庭裁判所に『調停』を申し立てる。男性一人、女性一人の調停委員が中心となって、双方で話し合いをするの。調停で話がつかない場合だけ、裁判官の判断をあおぐことになる。離婚件数全体からすると、調停で離婚するのが八%くらい、その先までもめるのが三%ちょっとくらいね」

八%や三%というのが、高いのか低いのかピンとこなかった。だが無視できない数字だ。離婚した人のうち、九人に一人は、裁判所のお世話になっているのだから。

「離婚までに結構時間がかかるんじゃないですか?」

紬先生は渋い顔でうなずいた。

「調停が半年から一年。その先の裁判も一年ちょっとかかることが多い。両方するなら、離婚まで二年くらい覚悟しといたほうがいいよ」

二年もかけて離婚する人たちがいる。それほどの情熱で片方が別れたいというのなら、別れさせてやったほうがいいのではないかと思えた。そんなに別れたいのに離婚できないのなら、そもそも結婚って何なのだろう。

「じゃあ次の問題」

紬先生は人さし指を立てて見せた。

「一方は離婚したい。他方は離婚したくない。裁判で争うことになった場合、裁判官は何を見て、離婚させるかを決めるでしょうか?」

「どれだけ相手がひどいことをしたかとか、どれだけ夫婦仲が冷めきっているかとか、そういう事情を見るんじゃないんですかね」

言いながら、奇妙な気持ちに襲われた。

公衆の面前で夫婦仲について語るなんて変だ。大の大人が集まってそんなことをしているのかと思うと、滑稽（こっけい）に思えてくる。

「うんうん、そんな感じ。意外と知られていないのだけど。裁判では、法定の離婚事由がないと離婚できないのよ」

紬先生はA4サイズの黄色いメモパッドを取り出すと、スワロフスキーのついたピンク色のボールペンで文字を書きつけた。書道を習っていたのか、達筆でとめはねが利いている。

『①配偶者の不貞行為
②配偶者からの悪意の遺棄
③三年以上の生死不明
④回復の見込みのない強度の精神病
⑤その他、婚姻を継続し難い重大事由』
メモパッドを聡美に向けて見せた。

「このうちどれかが必要ということ。あなたの場合は、旦那さんの浮気があったのよね。それだと①の『配偶者の不貞行為』があるということになる。証拠をしっかり集めておけば、裁判になっても離婚できる可能性が高いですよ。浮気の証拠は集めてあるの？」

「いいえ。メッセージを見ただけです」

食事の約束を確認している内容だった。もしかすると食事をしていただけで、浮気に至っていないかもしれない。だが、まちがいなく浮気しているように思えた。ただの直感だが、当たっているような気がする。

「証拠は集めたほうがいいよ。疑っていることに気づかれたら、旦那側は証拠を消しはじめるかもしれない。浮気について問い詰めていない今だからこそ、貴重な証拠を集められる」

「でも、裁判にならなきゃいいんでしょう？　正直、あの人とこれ以上、話し合いとかしたくないんです。さっさと離婚届に記入してもらって、出してしまいたい。不倫の慰謝料って、大した額はもらえないと聞きました。お金のことはあきらめて、新しい生活を始めたい気持ちが強いです」

　紬先生は首を横に振った。

「お子さんがいるでしょう。一、二年の我慢で、今後二十年が変わってくるのよ。これまでも我慢されてきただろうけど、今が一番の我慢のしどころなんだよ」

「今後二十年、ですか？」

「まず不倫の証拠を押さえる。そのうえで旦那さんと交渉。離婚すること、子供の親権はこちらに渡してもらうこと、慰謝料の額について取り決める。さらに、財産分与の内容と、養育費の支払いについても一緒に決めてしまいましょう。不倫の証拠があれば、旦那さん側は強く出られない。財産分与や養育費みたいな、額の大きい部分についても有利な条件でまとめることができるかもしれない。実際は交渉してみないことには、どうなるか分からないけどね」

　紬先生はフフッと愉快そうに笑った。

　玄太郎が、お盆に新しいほうじ茶と黒糖羊羹を載せてきた。

　ゆっくり甘味を味わうなんていつぶりだろう。強烈な甘さに、あごが痛くなるくらいだった。口の中に残る甘い余韻を楽しみながら、ほうじ茶をすすった。心がほぐれていく。

「お嬢さん、松ヶ岡川柳って知ってるかい?」

聡美は首を横に振った。

「東衛寺の山号は松岡山という。『まつがおか』と言えば、縁切寺、駆込寺で名高い東衛寺のことをさす。今も昔も、女性の立場は弱い。縁切寺に駆け込んできた女性たちにまつわる川柳が沢山残ってるんだよ」

玄太郎は紬先生のメモパッドを手元に引きよせて、文字をさらさらと書いた。元住職だけあって、玄太郎も達筆だ。

「声に出して、読んでみてごらん」

聡美はメモパッドを手にとり、おそるおそる口を開く。

「くやしくば、尋ね来て見よ、松ヶ岡?」

玄太郎は満足そうにうなずいた。

「江戸時代の人が詠んだ川柳だよ。縁切寺に一旦駆け込んでしまえば、守りは鉄壁。男子禁制の尼寺だ。旦那が追っかけてこようとも、寺のほうで追いかえしてくれる。駆け込みに成功した嬉しさ、憎い旦那に対する当てつけを謳いあげている」

玄太郎によると、「くやしくば……」の言い回しには、本歌があるらしい。「恋しくば尋ね来てみよ和泉なる信太の森のうらみ葛の葉」という一首だ。

時はさらにさかのぼり、平安時代。心優しい青年が、狐を狩人から逃がしてやった。狐と青年は共に暮らし、可愛い子供が生まれた。これがのちの安倍晴明といわれている。あるとき、狐はうっかり、息子に正体を見られてしまう。狐は「恋しくば……」の一首を残して信太の森へ帰っていった。

このエピソードは江戸時代、歌舞伎の演目にもなって人気だった。そこから引っ張ってきて、「くやしくば……」の川柳を詠んだらしい。

「松岡法律事務所に駆け込んできたあんたはラッキーだ。紬先生はこう見えて、なかなかしたたかだからね。きっとあんたの力になってくれるはずだ」

紬先生はホホホと澄ました顔で笑った。

「お父さん、だからこのかたは依頼人じゃないって。なりゆきで助けちゃっただけだし、相談料をとるわけにはいかないんだよ」

「先生に弁護をお願いしたら、いくらくらいかかるんでしょうか？」

紬先生は意外そうに眉尻をあげた。宙でこつんと目が合う。

「着手金で三十万円。慰謝料みたいに、旦那さんから経済的利益を受け取る場合は、別途成功報酬をもらうけど」

聡美は深呼吸をした。三十万円は決して安くない額だ。貯金から出せないこともないが、数カ月分の生活費だと思うと苦しい。

すぐには決断できなかった。

「あと、証拠集めをうちの探偵に頼むなら、その費用も別途かかるよ。調査の範囲にもよるけど、十数万円から三十万円くらいかかることが多いかなあ」

「探偵、ですか？」

唐突な単語に目を丸くした。探偵といえば、ドラマやミステリー小説で出てくる「名探偵」のイメージが強い。

「離婚の証拠集めはプロに頼んだほうが確実だからね。法律事務所によっては探偵事務所と提携していることもあるよ。うちは離婚専門だから、専属の探偵を一人置いてるの」

と言って、部屋の奥に置かれた事務机のほうを振りかえった。

「普段はあそこに探偵の出雲君がいるよ。今日は別件で出てるけど」

「先生の机かと思ってました」

「私の執務室は上の部屋だよ」得意げに天井を指さす。

どういうわけか、そんな紬先生を見て、玄太郎は深いため息をついた。

聡美は隣で眠る翔に視線を落とした。

亮介の面影が脳裏にちらつく。冷たい視線、断定的な物言いに散々傷つけられてきた。亮介に直接怒りをぶつけることなく、家を出てきたのは、心の底で亮介を恐れていたからだ。亮介とまた顔を合わせて証拠を集めるのを想像すると胸がつかえる。

翔が生まれた日のことを思い出した。一人で翔を産んだ。その事実を胸のうちで反芻する。

膝の上で拳を握りしめた。

戦わなくちゃいけないときだと思った。今後の二十年が変わるという紬先生の言葉が胸に重くのしかかっていた。今ここで頑張るか頑張らないかで、翔を大学まで行かせてやれるかが変わってくる。けれども、いきなり探偵や弁護士に頼む覚悟はなかった。

「私、浮気の証拠、自分で集めてみます」

絞り出すように言った。一呼吸おいて顔をあげる。

「先生の名刺、もらっていっていいですか」

「もちろん。何かあったらどうぞ。こうやって離婚を考えはじめたくらいのときに相談してもらえるのがベストだけど、養育費の取り決めは離婚後もできるから。あとからやっぱりどうにかしてほしいって依頼もウェルカムですよ」

紬先生は聡美の反応を予期していたように、微笑みながらゆっくりうなずいた。

「浮気の証拠って、肉体関係があることが分かるものだよ。だから、仲が良さそうな日常会話のメールだけだと不十分だからね」

紬先生が言うには、二人でホテルに出入りしている写真や、肉体関係を認めるやり取りのメールや録音データなどがあれば一番だという。ホテルの領収書なども証拠になることがある。

アドバイスを聞きもらすまいと聡美は必死だった。

一方、紬先生は最初からずっと、一貫して余裕のある態度だった。勝手な話だが、それがちょっと鼻についた。安全なところから、あれこれ言われているような感じがしたのだ。

親切にもかくまってくれた。アドバイスもくれた。だがそれらの行為は、圧倒的に恵まれた人からの施し(ほどこ)にすぎないのかもしれない。

身分制があり、尼がいて、仏を信じていた時代ならそれでも良かった。しかし人はみな平等だと教わって育った現代人にとって、施しは屈辱だった。

「失礼ですが、先生はご結婚されたことはありますか?」

意地悪な気持ちで訊いた。「失礼ですが」とつければ許されるものではない。本当に失礼な質問だ。

　紬先生は顔色ひとつ変えず、きっぱりと答えた。

「ないですよ。今後も結婚の予定はありません」

　ふんわりとした雰囲気なのに、この質問に答える瞬間だけ、紬先生の目に強い光が宿ったような感じがあった。

　聡美はたじろいだ。二人の間にぴりっとした緊張感が走る。

　だが同時に、しめしめという気持ちが胸の中にわいてきた。美人で家族に恵まれ、弁護士という立派な仕事についている。完全無欠に見える紬先生にも、欠点があるのかもしれない。

　紬先生みたいな人に、聡美の気持ちが分かるとは思えない。いじけた気持ち半分、底意地悪い気持ち半分で口を開いた。

「結婚したことのない人に、離婚したい人の気持ちが分かるんですか？」

「分かりますよ」

　紬先生は即答した。口元には不敵な笑みが浮かんでいる。聡美からの質問を面白がっているようにも見えた。

「私ね、結婚って意味不明だと思う。だから結婚をやめる人の手伝いなら、進んでやるのよ。みんな結婚、やめちゃえーって思ってるから。縁切り上等！　人の縁を切るのは楽しいのよお。ふふっ」

　おかしくてたまらないとでもいうように、紬先生は口元に手をあてて笑った。あざとい仕草も美人がやるとサマになる。

横で玄太郎が再びため息をついた。愛娘がこの調子だと内心穏やかではないだろう。

――紬先生はこう見えて、なかなかしたたかだからね。

シミひとつない紬先生の横顔をながめながら、玄太郎の言葉を思い出していた。

4

聡美は翔を抱いて家に戻った。

「睡眠不足が続いていて、余裕がなかったの。パニックになって、家を飛び出しちゃった。本当にごめんなさい」

いじらしく謝った。浮気に勘づいたわけではないと、亮介に信じ込ませる必要があった。

亮介は不機嫌を隠さず「信じられない」と言った。「これが会社だったら」とか「母親としての自覚が」とか、ネチネチと言い募る。

何を言われても、聡美は一向に構わなかった。表面上は、亮介の機嫌を直そうとオロオロするふりをした。面従腹背は得意だった。

家を出た聡美を、亮介が追ってきたのは意外だった。聡美のことなど放置するだろうと思っていた。だがそんなことで心を許してはいけない。亮介は外面がよく見栄っ張りだ。嫁が家出したとなると体裁が悪いから、連れもどすのに躍起になっただけだろう。

亮介がどこまで勘づいているかは分からない。だが聡美の家出以降、スマートフォンを肌身離さず持ち歩くようになった。風呂に入るときすら脱衣所に持ちこんでいる。これでは浮気の存在を認めているようなものだ。

スマートフォンをこっそり持ちだすことはできるかもしれないが、パスコードが分からなかった。先日偶然中を見たときに、聡美の顔認証でもロック解除できるよう設定しておけばよかったと後悔した。

こっそり鞄の中や、財布の中も漁った。領収書の類は出てこなかった。お金に細かい人だから、領収書はどこかにまとめて整理していそうだ。だがそれは家ではなく、きっと会社に置いてある。

機会をうかがいながら、二週間ほど経った。ここ最近は、亮介の口から杉山の話が出なくなった。以前は何かにつけて、聡美と比べて杉山を褒めることがあった。浮気がバレたかもと肝を冷やして、話題にしなくなったのかもしれない。

今までにもまして、亮介が不機嫌な日が増えた。出した料理に口をつけずに自室に戻ってしまったり、風呂の温度が熱すぎるというだけで怒鳴ったりした。聡美はぐっとこらえて、その度に謝った。

証拠さえ集めれば、この生活を終えられる。それだけが希望だった。「杉山あや」「税理士」などと検索して、情報を探していた。何人かの税理士がヒットしたものの、亮介と接点がありそうな者はいなかった。

少しずつ秋が深まって、涼しい日も増えてきた。焦りだけがじりじりと募る。

突破口になったのは、リンクトインというビジネス特化型ＳＮＳだった。実名顔出しで、所属会社や経歴を公開している人も多い。他業種他業界の人とつながるのに便利で、転職の際にもよく使われている。

亮介が所属している会社の名前で検索すると、何名ものスタッフが出てきた。目を皿のようにして女性を探す。

杉山という女がいた。「ジュニアアナリスト」という肩書になっている。ライトグレーのスーツ、白いカットソーを着て、堂々と写真に写っている。理知的な印象の人だった。

名前は「杉山文子」となっている。「あや」ではなく「あやこ」だったのかと腑に落ちた。同じ会社に「杉山」姓の者はこの人しかいなかった。

すぐにフェイスブックを開く。「杉山文子」と検索して、本人らしいアカウントを見つけた。リンクトインに登録されている顔写真と同じ写真が登録されていた。

トップページでは、ビジネスニュースがいくつか引用されている。プライベートな写真などは一枚もあがっていない。

万事休すだった。聡美からダイレクトメッセージを送ってみることも考えた。だが、不倫相手の妻から突然連絡が来たら、杉山も当然警戒する。すぐ亮介に連絡を入れるはずだ。それでは逆効果だ。

ふと、思いついた。

震える指先でスマートフォンを操作する。フェイスブックを一度ログアウトして、IDのところに亮介の電話番号を入れる。亮介の誕生日は七月二十八日だ。パスワードの欄に、ｒｙｏｓｕｋｅ７２８とか、ｒｙｏ７２８などと適当に打ち込んだ。何通りか試しているうちにヒットした。

新しい機器からのログインだから、亮介のスマートフォンに通知がいっているかもしれない。でも構うものか。亮介は四六時中スマートフォンを見ているわけではない。気づかれないうちに、中をのぞいておこうと思った。

すぐメッセージボックスを開く。「杉山文子」とのやり取りがあった。

深呼吸をして、おそるおそる中を見る。短文のメッセージが連なっていた。一番古いメッセージは、二週間ほど前、聡美が家出した直後だ。

会社のメールだと何だし、こっちで連絡するわ。

という一文で始まり、待ち合わせ場所や日時をすり合わせる内容が続く。会社帰りに何度か会っているようだった。

二人で会ったであろう日時の後にも、やり取りを交わしている。


今日はありがと。

別にいいけど、奥さん泣かせてひどい。笑

でも、もう女としては終わってるし。

子育て頑張ってるんでしょ。

あいつ頭悪いから、息子も馬鹿になりそうで怖い（笑）

でも牧田さんに似るよりはいいんじゃん？笑

ひどっ！　俺に似たほうが良いだろ。

息がとまるかと思った。画面に映る文字列をじっと見つめる。翔は亮介に似てほしくないと願っていた。亮介は亮介で、翔が聡美に似ることを嫌がっている。

なんだ、私たち、嫌い同士なんだ。

腹の中にすとんと納得するものがあった。お互いに嫌いだから、お互いを大事にできない。当然の成り行きだった。

それなら私たちは、どうして結婚したのだろう。互いの中に幻想を見ていたのだろうか。

不思議と亮介に対して腹は立たなかった。

二週間ほど前、聡美が家出したことで、亮介は焦っただろう。浮気に勘づかれたかもしれないと思ったのだ。それで亮介はカカオトークを使うのをやめた。会社のメールでやり取りするわけにもいかず、フェイスブックのメッセージ機能を使うことにしたのだろう。

冷めた目で「杉山文子」という名前を見つめた。

聡美よりもずっと親しげに亮介とやり取りしている。亮介を茶化すような文面から、二人の対等な関係性がうかがわれた。聡美は冗談を言って亮介をからかったことなどなかった。

亮介によると、杉山は子供を産んで一カ月で職場復帰したのだそうだ。服装や化粧もきちんとしているらしい。スーパーウーマンだから、亮介のような男にも対等に物を言えるのだろうか。

杉山と自分を比べるとみじめだった。いい大学を出て、資格をとって、バリバリ働いている。結婚もして、子供も産んで……。

ふと紬先生のことを思いだす。あの人だって美人で、弁護士資格を持っている。

世の中にはどうしてこんなに、すごい人が多いのだろう。聡美が聡美なりに頑張ったところで、自信の持ちようがない。

杉山や紬先生みたいな人たちは、聡美を見下しているに違いない。そう思うと、無性に腹が立った。亮介に馬鹿にされるよりも、ずっとずっと腹が立つ。自信のない聡美にも、なけなしのプライドがあった。

寝室から、翔の泣き声が聞こえた。目が覚めて、近くに聡美がいないことに気づいたのだろう。たった一人で病院に駆け込んで、翔を産んだ日のことを思いだす。

翔のことを考えているときだけ、強くいられた。

私の宝物、絶対に守る。

深呼吸をひとつすると、杉山と亮介のメッセージのスクリーンショットをとりはじめた。

十月最後の土曜日、亮介は何も言わずに家を出た。

行き先は分かっていた。渋谷にあるセルリアンタワー東急ホテルのラウンジだ。杉山とのメッセージから、待ち合わせの場所や時刻も把握していた。

亮介を見送って十分ほど待った。身支度を整え、翔を抱いて家を出る。電車で渋谷に向かった。

ブラウンを基調とした開放感のあるラウンジで、聡美は明らかに浮いていた。

これでも、汚れのないチノパンと白いブラウスを着てきた。だがパンパンに荷物の詰まったマザーズリュックは場違いに映っただろう。周囲には商談をしているビジネスマンやお見合いをしている男女が多い。

　亮介は窓際の明るい席に通されていた。周辺の席は埋まっている。聡美は隅のほうの狭い二人掛けに案内された。亮介と多少距離がある。二人の会話は聞こえないだろう。だがこちらの尾行（びこう）がバレにくいのは好都合だった。

　すらりとした女性が亮介の前に座った。

　あれ、と思った。

　女性は片手に赤ん坊を抱いていた。ブランドものの大きなトートバッグを肩からさげている。聡美のリュックと比べると値段は雲泥（うんでい）の差だが、あの中にはおむつやお尻ふきがこまごまと入っているのだとすぐに分かった。

　店員を呼ぶのに、女性が横を向いた。やはり杉山だった。写真で見るよりもずっときれいだった。あごのラインがシャープで肌にたるみがない。モダンな幾何学（きかがく）模様のワンピースを着ている。高そうだった。

　不倫相手に会うのに、赤ん坊を連れてくるなんてこと、あるだろうか。そもそも、子供を産んだばかりなのに不倫する神経が分からない。そんな人がどういう行動をとるかなんて、分かるはずがない。

　スマートフォンを取りだして、カメラを向ける。二人の顔が分かるよう精一杯ズームして、写真をとる。気配を察したかのように、杉山がこちらを振りかえった。面食らったが、そのまま写真を数枚とった。写真を確認すると、杉山の顔がはっきり写っている。

　千六百円もするオレンジジュースは、全く喉を通らなかった。

二人は何かをしきりに話し合っている。聡美はすぐにお会計ができるよう、現金を用意した。二人がラウンジを出たら後を追うつもりでいた。ホテルの部屋に入っていく様子を押さえられれば、またとない証拠になる。

だが、三十分ほど経った頃に、亮介だけが席を立った。伝票を荒っぽくつかむと、一人でラウンジの出口へ歩き出した。

後を追うか迷った。用意した現金をつかんで、立ちあがろうとする。だが慌てたせいで、小銭を床にじゃらじゃらとこぼしてしまう。それに反応して、翔が「あーっ、あー」と声を出しはじめた。やばいと思った。身をかがめて、急いで小銭を集める。

顔をあげると、すぐ目の前に、杉山が立っていた。片腕に赤ん坊を抱いている。可愛らしいひよこ柄のチュニックとレギンスを着せている。女の子だ。

「あなた、牧田さんの奥さんですよね？」

堂々とした口調で杉山が言った。

「えっ、あっ、はい」

たじろぎながら、聡美は答えた。

「ここ、いいですか」

杉山は聡美の正面の空席を指さした。聡美は黙ってうなずく。

心を落ち着かせようと思った。聡美は何も悪くない。悪いのは、不倫をしている杉山のほうだ。こうやって正面きって攻めてこられても、聡美としては何も問題ないはずだ。

「牧田さんの不倫のこと、気づいてるんですね」

他人事（ひとごと）のような口調だった。それが聡美の神経を逆なでした。

「あ、あなたね」聡美は声を絞りだした。

何を言えばいいか分からない。だが黙っているのはしゃくだった。

「自分も子供がいるのに、人の家庭をめちゃくちゃにして、何とも思わないんですか」

口から出た言葉は、昼ドラみたいに陳腐だった。

「私は、私だったら、そんなこと、できません。どういう神経してるんですか」

杉山は面食らったように、目を見開いた。

「えっ？」

「えっ、じゃないですよ。白々しい」

「何か勘違いされていませんか？」

「勘違い？」

「そう」杉山は赤ん坊を抱きなおした。

「私は牧田さんから個人的な相談を受けていただけです。こんな小さい赤ちゃんがいて、仕事もあって、不倫なんてしてる暇ないですよ」

あぜんとして、杉山を見つめかえす。

きっちり塗られたファンデーションの下から、青黒いクマが見えた。目も赤く充血している。赤ん坊を抱く手の指には、産毛（うぶげ）がうっすら伸びている。ムダ毛の処理なんてしている暇もないのだろう。

この人も母親なんだと急に実感した。

ベビーシッターや家事代行サービスを利用して、なんとか職場に復帰している。男たちからは颯爽とした職場復帰に見えたかもしれない。だが優雅に泳ぐ白鳥も水面下では必死に足を動かしているように、杉山も密かに苦労しているのだろう。

「個人的な相談って、何のことですか？」

杉山がため息をついた。ほうれい線がくっきりと刻まれた。

「二週間ちょっと前に、奥さん、家出されたんでしょう。それでどうしようっていう相談というか、愚痴というか、そういうものを聞かされていました。しょうもない話ですよ。自分が浮気していたんだから、奥さんに逃げられても自業自得じゃないですか？　会社の先輩だから律儀に対応していますけど、正直うんざりしていたんです。誰か女の人によしよしって慰めて欲しいだけに見えましたから」

すみません、と言いそうになって口をつぐむ。亮介がしでかしたことについて、聡美が謝るのは筋違いな気がした。

「フェイスブックでやり取りをされていましたよね？」

「ああ、あれを見て、奥さんは今日、こちらにいらしたんですか」杉山は片手で器用に赤ん坊を揺らしながら言った。「会社のメールでやり取りするのも変でしょう。かといって、牧田さんと個人的にＬＩＮＥを交換するのも誤解を呼びかねません。ビジネス目的で使っているフェイスブックのアカウントでやり取りしていたんです」

「そうだったんですか……」

一旦そうは言ったものの、杉山の話をどこまで信じていいか分からなかった。浮気相手の妻から責められて、作り話をしているだけかもしれない。

「でも、カカオトークでもやり取りされてましたよね」

聡美はスマートフォンを取り出し、メモ帳に「S♡Aya」と打って示した。

「トーク画面にこの名前が表示されていました。これって、あなたのことですよね？」

杉山はスマートフォンをのぞき込み、眉間にしわを寄せた。

「えっ？　何これ？」

しきりに首をかしげている。

数秒して、合点がいったというように顔をあげた。

「あーそっか、そういうことか。私、スギヤマ・アヤコじゃないですよ。文の子と書いて、『フミコ』と読むんです。響きが可愛い『アヤコ』にどうしてしなかったのかと親を責めたこともあります。名前の通り、可愛げのない、頭でっかちな女に育ちました」

自虐するような笑みを浮かべた。

聡美はじっと杉山の顔を見た。こんな美人でも、自分のことを「可愛げがない」と思って悩むことがあるのだろうか。確かにシャープで冷たい印象がある。可愛いというよりは綺麗な人だ。ないものねだりだと思ったが、同時に、杉山に親近感を覚えた。

「第三者の私が口出しするのも変ですが、もし覚悟があるなら、探偵を使ってちゃんと不倫の証拠を集めたほうがいいですよ」

杉山は気づかわしげに聡美を見た。

「お子さんが小さいのに浮気してるなんて最低でしょ。他人事ながら私も腹が立ってきて、牧田さんにやんわり注意していたんですよ。今日も説教してやろうと思っていたんです。休日にわざわざ子連れでやって来たのもそのためです。でも彼は慰めてほしいだけですから、プイッと機嫌を損ねて、どっかに行っちゃいましたけどね」

亮介は浮気のことをとがめられ、杉山に腹を立てていた。だから家で、杉山の話題が出なくなったのかもしれない。

聡美はとっさにその場でスマートフォンを開く。スクリーンショットで保存していたフェイスブックのやり取りを見返す。

別にいいけど、奥さん泣かせてひどい。笑
子育て頑張ってるんでしょ。
でも牧田さんに似るよりはいいんじゃん?笑

杉山のメッセージはどれも聡美をかばっている。「笑」という文字がついているせいで、小馬鹿にされたような印象を抱いていた。だがこれは、茶化して伝えることで、先輩である亮介を怒らせないようにしていたのだろう。

「主人の不倫相手って、あなたじゃないなら、誰なんですか?」

聡美が尋ねると、杉山は再び、深いため息をついた。目を伏せて、数度まばたきをする。口にするか迷っているように見えた。

杉山は深呼吸をして、口を開いた。

「沙也加さんって人。あなたの大学時代の友人でしょ。結婚式の二次会の幹事をしてもらったときに知り合って、そのときからズルズル続いているみたいよ」

5

それから年末まで、あっという間だった。

聡美は松岡法律事務所を再び訪れ、正式に離婚事件を依頼した。

紬先生は「おっけい、おっけい。お任せあれー」と笑って請けおった。

すぐに法テラスに電話をして、二人で出かけた。民事法律扶助(ふじょ)の申込みをするためだ。

「あれ、どっちだったっけ?」

横浜駅を出てすぐ紬先生は周囲をきょろきょろと見回した。自信満々に「こっちだ」と歩きだしては、「あ、失礼しました。こっちでした」と方向を変える。

もしかしてこの人、ものすごい方向音痴なのか?

不安が込みあげてきた。こんな人に弁護を任せて大丈夫なのだろうか。とりあえず聡美がスマートフォンの地図アプリを見ながら道案内をした。

「法テラスって、よく行かれてるんじゃないんですか?」

やんわり指摘してみると、

「月イチくらいで行ってるんだけど。横浜駅が難しすぎるんだよ。出口が沢山あってさあ」

あっけらかんと返された。

話を聞くに、紬先生は完全なインドア派で、仕事以外ではほとんど外出しないという。移動に慣れていないから迷う。迷って疲れるからもう外に出たくなくなる。負のループにはまっているように見えるのだが、本人はあくまで「おうちが一番だからねえ」とのんびり話している。

法テラスでの手続き自体は簡単だった。いくつかの条件をクリアすれば、弁護士費用を立て替えてもらえる。月五千円の分割払いにしてもらえるらしい。書類を提出して、簡単な審査を受けるだけだった。

二度目の打ち合わせでは、探偵の出雲啓介(けいすけ)を紹介された。

出雲は野良犬のような、ちょっと崩れたイケメンだ。事務所一階奥の事務机に向かって腰かけ、背を丸めている。

飲酒や喫煙をやめて、規則正しい生活を送れば、王子様のように見違えるはずだ。だが本人は、自分の見た目に一向に構っていないようだ。

「ちょっと小汚いくらいが、尾行に向いてるんですよ」

言い訳のように低い声で言った。

働きぶりはよかった。杉山から追加でもらった情報に基づいて、亮介と沙也加の密会日を割りだした。自宅から亮介を尾行し、ラブホテルに入っていく瞬間の写真をとってきた。自分一人では決して集められなかった強力な証拠だ。プロに依頼してよかったとしみじみ感じた。

十五万円ほどの代金がかかったが、仕方ない。弁護士費用のほうを分割払いにしていたから、探偵費用は一括で払えた。

亮介の不倫相手が沙也加だったことに、聡美は少なからずショックを受けていた。夫と友人から、同時に裏切られていたことになる。亮介がカカオトークでやり取りしていた相手は、「S♡Aya」だった。ハートマークを外して読むと「サヤ」となる。

沙也加に付き合って、東衛寺を訪れたことが思い出された。片想いの相手と、そのパートナーの縁が切れるよう祈願したいと言っていた。

あれは亮介と聡美の間の縁を切ろうとしていたのだ。だからこそ聡美を誘って、一緒に詣でさせた。縁切寺の法力は確かかもしれない。こうして実際に、亮介と聡美の関係にはヒビが入った。

だが悔いはなかった。あんな男、沙也加にくれてやる。

不倫の件がなくても、遅かれ早かれ、亮介との関係は煮詰まっていただろう。むしろ不倫が発覚したのは良いきっかけだった。

必要な証拠をすべて揃えたところで、聡美は家を出た。荷物は密かに少しずつ、実家に送っていた。

両親に事情を説明したとき、母は絶句していた。だが父はぼそりと「帰ってこい」と言ってくれた。それだけで十分に心強かった。

翔を連れて実家に戻った途端、亮介は慌てた。だが反撃する暇も与えず、紬先生が亮介を呼びだした。

不貞の証拠は押さえてあること、聡美は離婚を希望していること、翔の親権は聡美がとること、翔の大学卒業まで一定の養育費を払う必要があること、婚姻期間中に亮介が稼いだ財産の半分は聡美のものであること。

紬先生は淡々と説明した。

亮介は大人しく聞いていた。見栄っ張りな人だ。誰かの前で取り乱したり、暴言を吐いたりしない。同席した聡美をじっと、険（けん）のある目で見ただけだった。

「僕のほうでも弁護士を立てます」

宣言通り、数日のうちに亮介の代理人から連絡が入った。代理人同士でやり取りして、聡美の要求を八割がた飲むような条件で合意に至った。

年の瀬が迫った十二月中旬、亮介と聡美、それぞれの代理人が連れ立って公証役場に行った。取り決めた内容を公正証書にしておくためだ。

養育費の支払い約束を公正証書にしておけば、万が一、養育費が支払われない場合にも強制執行をかけることができる。亮介の給料のうち一部を差し押さえて、聡美が受け取ることができるのだ。

紬先生に依頼していなかったらこれほどまでにきっちりと養育費の取り決めを交わせなかっただろう。弁護士報酬はかかるものの、気苦労を一部肩がわりしてもらえたのはありがたかった。

公正証書をつくった後、亮介から離婚届を受け取った。すぐに署名をして、出してしまうつもりだった。

離婚届を持って役所に向かい、記入台の前に立つ。

いざ自分の名前を書こうとすると、手が震えた。

私、本当に離婚するんだ。そう思うと足がすくんだ。

自分がバツイチになるなんて幼い頃は想像もしなかった。そういう人たちがいるのは知っていたが、自分の身に降りかかってくるとは思っていなかった。

ひと思いに離婚届に記入して窓口に提出した。窓口担当の女性は一瞬にやりとしたが、すぐに真顔に戻って「受領しました」と、ことさら事務的に言った。

やっとすべてが終わり、すべてが始まる。


年が明けて、一月二日。

聡美は翔と一緒に、東衛寺を訪れた。初詣だった。抱っこ紐の中の翔は機嫌が良かった。ぷくりと膨らんだ頬が、冷たい外気にさらされ、桃色に染まっている。

人の流れに身を任せて賽銭箱の前に立つ。

小銭入れから五円玉を取りだして、ふと手をとめた。もう縁づくのはこりごりだ。そっと五円玉を戻す。奮発して百円玉を投げ入れた。お願いしたいことは沢山あった。

親子ともども健康に暮らせますように。新しい生活が軌道に乗りますように。就職先が決まりますように。

これまでの人生で一番熱心に祈ったかもしれない。賽銭箱から離れて外に出ると、門の前で玄太郎と行きあった。ゴム手袋をはめて大きなゴミ袋を持っている。門前で参拝客が残していったゴミを片付けているらしい。

「あけましておめでとうございます」

聡美が頭をさげると、玄太郎は破顔した。

「ああ、牧田さん。じゃなくって、今は小山田さんか」

玄太郎は聡美の旧姓を口にした。

「事務所に寄ってやってください。紬先生は年末年始も関係なく、仕事に追われているみたいです。小山田さんの顔を見たら喜ぶと思います」

玄太郎とその場で別れて、松岡法律事務所に向かった。

弁護士は年末年始も働くのか。大変だなあと他人事ながらに思った。そういえば亮介も年末年始に忙しくしていることがあった。今となってはそれが本当に仕事だったのか分からないが。

道沿いの生垣から蠟梅が顔を出している。黄色くて小さい花が、その名の通り蠟細工のように可憐だ。石鹸のような爽やかな香りが鼻先をかすめる。まっすぐのびた道の先、ずっと遠くに白い水仙の花が揺れているのが見えた。

事務所について、玄関口で扉を叩く。反応がない。

「おはようございます」

と声をかけてみるがやはり返事はない。

扉に手をかけると、鍵がかかっていなかった。おそるおそる顔だけ中に突っこむ。一階には誰もいなかった。

突然、ガシャンッと二階から物音がした。何か重いものが落ちて割れたような音だ。ガタガタ、ドンと大きな音が続く。翔が驚いて、腕の中で泣きはじめた。

聡美はとっさに靴を脱ぎ、壁際の階段をあがった。紬先生が過労で倒れたのかもしれないと思った。

階段をあがってすぐのところに、高さ一メートルくらいの金属製の柵が設置されている。その向こうに、木製の事務机が見えた。

机の周りはひどい有り様だった。机上には書類が山積みになっている。書類の合間をぬうようにマグカップが五つ並んでいた。片付けずに放置しているものらしい。壁際に並んだ本棚から、いくつかのファイルが落ちて散乱していた。そのすぐ近くに紬先生が尻もちをついていた。

「先生、大丈夫ですか」

慌てて柵を開け、駆けよった。

「ああ、牧田さん。じゃなくって、小山田さんか」

紬先生が顔をあげた。聡美がさしだした片腕をとって、よろよろと立ちあがる。ウールのスカートがタイツのはき口に巻き込まれて、めくれあがっている。

「先生、スカート！」

聡美が慌てて指摘する。

紬先生は「ああ」とスカートを引っ張って、形を戻した。

「どうも、あけましておめでとう」

何事もなかったように紬先生が笑いかけてきた。聡美も戸惑いながら挨拶を返す。

書類の山の隙間から、猫が二匹ひょっこりと顔を出し、聡美をまじまじと見つめた。

一匹は鼻先に黒い模様の入った白黒模様、もう一匹は尻尾が短く折れ曲がった茶トラ柄だ。

「あら、知らない人がいるのにトメ吉とハネ太が出てくるなんて珍しい」

紬先生はかがんで、両手で二匹を抱きあげた。

白黒の猫を前に出して「こっちがトメ吉。女の子」、茶トラの猫を前に出して「で、こっちがハネ太。男の子」

名前が分かるのか、ハネ太は元気よく「にゅあー」と鳴いた。

「可愛い名前ですね」

「でしょー?」ハネ太は紬先生の腕の中で喉を鳴らしている。

白黒のトメ吉は抱っこが嫌いらしく、腕から勢いよく飛びだして、一メートルほど離れたところで毛づくろいをはじめた。

「私、寺の娘じゃん? 小さい頃から書道をしてて、未だに写経が趣味なのよ。ふふふ、それで、猫にもとめはねから名前をつけちゃった」

ハネ太をなでつけながら、のんびりと言う。

翔は猫を近くで見るのは初めてだ。聡美に抱きつきながら、首だけ回して不思議そうにハネ太を見つめていた。

「寺の娘、そうか。そうですよね」

独り言がもれる。

紬先生は縁切寺で育った。離婚したくて願掛けにくる人たちを小さい頃から沢山見ているだろう。だからこそ、「結婚って意味不明」と思うし、自分自身も結婚しないと宣言してしまうのかもしれない。

　聡美の思案顔に気づいたのか、

「あはは、写経ってジジ臭いか？　料理も趣味だし、猫飼いさんのＹｏｕ Ｔｕｂｅを見るのも好きだよ。って、そんなこと聞いてないか」

　と、のんきに続ける。

　弁護士という仕事があって、写経と料理が趣味で、可愛い猫を飼って、猫飼いさんのＹｏｕ Ｔｕｂｅを見て……と、おひとり様の生活も充実している。だから積極的に結婚したいと思わないのだろう。

「いや、というか先生、この部屋、どうなってるんですか？」

　聡美は部屋を見渡した。大きな机が一つ、簡単な事務机が二つあるが、どれも物で埋まっている。書類は半分ほど整理されているが、それ以外は出しっぱなしになっている。

「どうって、ここは私の執務室だけど」

「執務室、こんなに散らかっていて、仕事できるんですか？」

「えっ。できるけど」

　紬先生は不快そうに口をとがらせる。耳の痛い指摘だったのかもしれない。

「夏までは事務員さんがいたんですよ。でも旦那さんの転勤で引っ越してしまって。それ以来、お父さんと出雲君にも手伝ってもらっているけど、まあ、この有り様というか……私ってどうも整理整頓が苦手で。顔が整いすぎているせいかな」

　紬先生は首をかしげながら、本気なのかジョークなのか分からない一言を付け加えた。

反応に困り、あはは、と笑って流すしかない。

「事務員さん、募集しないんですか？」

「募集、してますよ。でもね、誰でもいいってわけじゃないんですよ。契約書とか訴訟記録を扱うし、ある程度の法律事務経験が欲しい。事務所の会計もお願いしたいし、私のスケジュールとか、秘書っぽいこともしてほしくて……。横浜のほうだったら、そういう人材もいるかもしれないけど、北鎌倉周辺まで来てくれる人はなかなかいなくって」

あれっ、もしかして。

ふいに浮かんだ考えに、胸が高鳴った。

いや、さすがにそんなに都合よくいくわけがない。頭の中で打ち消してから、もう一度考える。

契約書を整理する仕事ならしたことがあった。経理部の仕事も手伝っていた。秘書業務も経験がある。実家は北鎌倉駅の反対側だ。事務所まで徒歩で十五分、自転車だと十分以内の距離に住んでいる。

自分以上に適任の者はいない気がした。

先ほどの初詣で、就職先が決まりますようにと願ったばかりだった。こんなにタイミングのよい話があるだろうか。

奮発して百円玉をお賽銭箱に入れたのがよかったのだろうか。

迷っているだけではダメだ。勇気をふりしぼって、ええいままよと口を開いた。

「あの、先生。事務員募集、私じゃだめですか？」

紬先生はどんぐり眼をさらに丸くして、聡美を見つめかえした。

畳みかけるように、聡美は自分がいかに適任かを説明した。

書類周りの仕事もできるし、事務所の掃除もできる。方向音痴の紬先生のガイドだって、やろうと思えばできると請けあった。

紬先生はハネ太を抱きながら、神妙な顔で聞いていた。

「小山田さんの案件はもう終わったから、弁護士倫理(りんり)的に問題はないけど……」

そこで言葉を詰まらせた。

ハネ太がぐるぐると喉を鳴らす音が事務所に響く。

「でも、この仕事は、小山田さんにとっては辛いかもしれないよ。離婚の傷もまだ癒えていないでしょう。他人事とはいえ、沢山離婚事件を見るなんて、自分の傷をえぐるようなものだよ。相手方から嫌がらせを受けることも多いしさ」

紬先生の言うことはよく分かった。

聡美も、離婚に至る経緯を思い出して、気分が鬱々(うつうつ)とすることがあった。離婚したのは正しかったのか。翔から父親を奪うことになったのではないか。考えることはいくらでもある。

だが落ち込んでいる暇はなかった。とにかく働いて、翔と暮らしていかなくてはならない。月に一度、亮介と翔は面会交流することになっている。きちんと育っていることを亮介に見せつけてやりたかった。

亮介には散々傷つけられた。聡美と翔が二人で幸せに暮らしていくことが、一番の復讐になる気がした。聡美なりの意地だった。

「私はここに駆け込んで、やっとあの人と戦うことができた」発する声はかすれている。だがするすると言葉は出てきた。

「これからも戦うし、負けるわけにはいかないんです」

何と、誰と戦っているのか。自分でも判然（はんぜん）としなかった。でも、傷ついてうずくまっているだけではダメなんだと、自分の足の裏をきちんと地面につけて、その感触を確かめながら歩いていかなくてはならないのだと、分かっていた。

「事務員といっても内勤だけじゃないよ。出雲君の仕事の手伝いで、場所取りや尾行をしてもらうこともあるし、何かと大変だよ？」

紬先生が保険をかけるように言ってくる。その目には戸惑いの色が浮かんでいた。そりゃそうだろうと思う。数カ月前、弁護士と依頼人という関係で知り合ったばかりだ。上司・部下となると勝手も違うだろう。

「大丈夫です。先生、雇ってください。きちんと働いて、自立して、あの人に言ってやるんです。くやしくば尋ね来て見よ松ヶ岡、って」

紬先生と目が合った。

数秒の沈黙ののち、紬先生の目元がふっとゆるんだ。

「お父さんの昔話、説教臭くて嫌なんだけどなあ」

頭をかきながら、聡美に笑いかけた。

「とりあえず、まずはこの部屋の掃除をお願いしようかな。物を整理する暇がなくって、散乱してるんだよ」

なぜか自慢げに言った。

聡美は執務室を見渡した。骨が折れそうだ。けれども、胸の内にわきたつ気持ちがあった。久しぶりに外で働けるのが嬉しかった。

「よろしくお願いします」聡美は頭をさげた。

身体の揺れに反応して、翔がはしゃぎ声をあげた。聡美は腕の中のぬくもりを感じながら、翔を優しく抱きしめた。

第二話　松ヶ岡男を見ると犬がほえ

1

出雲啓介は毎朝ベランダでたばこを吸う。

今さら時代遅れと分かっていても、紙たばこが好きだ。好きなものは仕方ない。

昨晩の大雪のせいで、ベランダにも雪が入りこんでいた。黒いコーデュロイのカーコートを羽織り、玄関から防水ブーツを持ってきてベランダに出る。

腕時計を見ると六時半だ。あたりはまだ薄暗い。のぼってくる陽を背負って遠くのビルのふちがわずかに輝いている。

横浜駅の西口から歩いて十分ほど、ラブホテルが立ちならぶ北幸の街並みも雪に染まっていた。真っ白な雪の上に、ところどころ人の足で踏みしめられた跡がある。深夜でも人が出入りする繁華街ならではだ。

雪の夜にわざわざ逢瀬を楽しむなんてお盛んだなと思う。だがむしろ、雪の晩だからこそホテルに駆け込む男女もいる。電車がとまって帰れなくなったから、などと家族に言い訳しやすいのだ。探偵業をしていると妙な知恵ばかりがついてくる。

左肩には一眼レフのカメラをさげている。たばこを一本引きぬいて火をつけると、ゆっくりと煙をくゆらせた。

昨晩からこのマンションで張っていた。浮気調査の対象者は、向かいのラブホテルを愛用している。女と一緒に入ったところは既に写真にとってある。出てくるところも念のため収めておく必要があった。

普段であればスモークフィルムをつけた車で待機する。しかしこの路地は、道幅が狭すぎて車をとめておくと目立ってしまう。普段から懇意にしているビルオーナーに話をつけて、向かいの一室を使わせてもらっていた。

高卒で警察官になって三年目のとき、世話になった先輩に誘われて探偵業に鞍替えした。それからもう十年以上が経つ。これといった情熱もこだわりもなく続けてきたが、向いていたんだとは思う。繁華街では徐々に顔がきくようになっていた。

胸ポケットから携帯灰皿を取りだし、たばこの吸い殻を押しこむ。身体をかがめて、ベランダの柵の間からカメラのレンズを構えた。

あとはこのまま待つだけだ。体勢は楽ではないが慣れていた。

空の明るみが遠くから広がってきた。最初は赤っぽかった陽の光が白くなり、いつのまにか青空に溶け込んでいる。

スズメの鳴き声が聞こえ、それを打ち消すように騒々しいカラスの声がした。雑踏のざわめきが響いてくる。人々の暮らしがゆっくり立ちあがる瞬間を、こうしてじっと待っているのは性に合っていた。

何組かのカップルがホテルから出てきた。その度にカメラを持つ手に力が入る。空振りが続き、ようやく調査対象者が出てきたのは八時半をすぎた頃だった。男が一人で出てきた。

その十五分後に女が出てきた。それぞれ写真にとる。

身体をねじって、外から掃きだし窓を開けた。部屋の中のパソコン画面で、先ほどとった写真を確認していると、部屋のドアがトントンと叩かれた。

「どうぞ、開いてるよ」

声をかけると、事務員の小山田聡美が顔を出した。

寒がりなのか、ダウンコートの上に大振りのストールをぐるぐると巻きつけている。楚々とした雰囲気の小づくりな女性だ。

「お疲れ様です。さし入れを持ってきました」

と、肉まん専門店のビニール袋をかかげた。

「おっ、いいね。ありがとう」

思わず相好を崩した。尾行を始めた昨日の午後四時から何も食べていなかった。

「ここの肉まん、好きなんだ」

「やっぱりそうですか?」聡美はいたずらっぽく笑った。「出雲さん、たまに食べてたから。お好きなのかもと思って」

聡美はもともと、松岡法律事務所の依頼人の一人だった。

案件終了後、紬に頼み込んで事務員として働きはじめた。法的な書類の整理や裁判所へのお使いをすることもあるが、こうして出雲の探偵業務を手伝ってもらうこともある。まだ二週間だが、実によく気がつく優秀な女性だった。

肉まんにかぶりつき、その肉汁をかみしめてから口を開いた。

「今ちょうど終わったところだよ。写真もばっちり」

調査対象者らの顔が鮮明に写っていないと、いくら立派な調査報告書に仕上げても裁判で有力な証拠とならない。ここ数年はさすがに、ピンボケ写真をとるようなヘマは踏まなくなっていた。

連れ立って鎌倉に戻り、郵便局に立ちよる。

急ぎの内容証明を出す必要があった。聡美は出し方が分からないというので出雲がついていって教えた。聡美はポケットから水色のメモ帳をとりだして、まめまめしくメモを取っている。一度教えればすぐに覚えてくれるからありがたかった。紬も安心して聡美に仕事を任せているように見える。

北鎌倉駅から足元の悪い道を歩いた。底冷えする寒空の中で、白梅や紅梅がぽつぽつと浮かんでいた。路肩(ろかた)では少し黒ずんだ雪の間から、黄色い福寿草(ふくじゅそう)が顔を出している。

事務所の二軒手前、「亀丸(かめまる)食堂」を通りすぎるとき、犬が激しくほえる声がした。

聡美がびくっと身体をこわばらせ、首だけ回して声の主を探している。

「ほら、あそこ」

亀丸食堂の駐車場で雪に埋もれるように伏せているビーグル犬がいる。普段は食堂の中にいるが、今日は雪が物珍しくて出てきているらしい。水栓柱(すいせんちゅう)と首輪をつなぐ紐をいっぱいに張りつめて、こちらにとびかからんばかりの勢いでほえ続ける。

「マルちゃんだ」聡美が顔をほころばせた。「いつもおりこうさんなのに、今日はほえますね」

「あいつは男にはほえるんだよ。このあたりは女子ばっかりだからかな。男を見慣れないんだろう」

先代の番犬「カメ」は利口で無駄ぼえしなかった。現番犬の「マル」は女にばかりいい顔をする軟派なオス犬だ。

「東衛寺は尼寺で、男子禁制だっただろ。昔からこの辺りを男が通ると犬にほえられたらしい。『松ヶ岡男を見ると犬がほえ』という川柳が残っているくらいだ」

紬の父、玄太郎から耳がタコになるほど聞かされた話を紹介した。話してしまってから、ウンチクを披露されてもウザかったかな、と思いなおす。

けれども聡美は「へえ」とうなずきながら一応興味深そうに聞いてくれるから、こちらも安心した。もしかすると、聡美のこういった殊勝な態度が男を勘違いさせるのかもしれない。勘違いする男が悪いんだけどさ、と苦々しく思いながら、顔をそむける。

「確かに、事務所の依頼人が女性ばっかりでびっくりしました。離婚って男女半々の割合で依頼人がいるはずなのに。やっぱり女の人は女の先生に頼みたいんですかね」

出雲は何も答えず苦笑いをした。男の本音をわざわざ言う必要はない。

男性の依頼人の多くは、女性弁護士とどう接していいか分からないのだ。自分の恥となるような部分を赤の他人の女性に見られるのは恥ずかしい。女性を「先生」として敬い、その「先生」から指図されるのも居心地が悪い。相手が若い女性ならなおさらだ。

「そういえば、今日の午後は珍しく男性の依頼人がいらっしゃいますよ」

「えっ。そうなの?」

嫌な予感がした。

「男の俺が言うのも何だけどさ。男性の依頼人は厄介だよ。なんていうのかなあ、わざわざ女性弁護士を探して依頼してくる男って、変なやつが多いんだよ」

「そうなんですかねえ？」

首をかしげる聡美とともに、事務所に戻っていった。


約束の午後一時ぴったりに、依頼人の鷹田晃彦（たかだあきひこ）は現れた。

探偵による調査も頼みたいと事前に言われていたので、出雲も同席する。

鷹田は背を丸めていても圧迫感がある大男だった。締まりのない身体つきからは運動不足がうかがえる。もしこいつが急に暴れても、脇の下に入りこむようにタックルをして床に押さえつければ、なんとかなりそうだ。無意識に警戒と値踏みをしてしまう。

つるしのスーツの上に黒いダウンジャケットを着ている。どこにでもいる中年サラリーマンという感じだ。

「今年で四十二歳です。半分エンジニアで、半分営業みたいな仕事をしています」

さしだされた名刺には大手化学メーカーの販売管理部の課長補佐という肩書が記されていた。名刺入れは無難な黒革のもので、メーカー名が型押しされている。デパートで売っている二、三万円のものだと分かる。

靴は合皮スニーカーだ。革靴っぽい質感がありつつも歩きやすいものを選んでいるのだろう。左のソールの外側が擦（す）りへっている。右利きで、鞄を右肩に持つ癖があるから、体重が左脚にかかっているのだと推測できた。ソール交換をしたり、靴を買い替えたりするほどのマメさはない。ボロボロになるまで使うタイプに見える。

実直で真面目そうというのが第一印象だった。

少なくとも見栄っ張りではない。低収入ではないが、エグゼクティブでもない。そこそこの高収入で、それなりに忙しく働いている人という感じだ。大手メーカーの課長補佐と聞いて納得感があった。

「えっと、それで、あなたが松岡先生ですか？」

戸惑いの色を浮かべながら、鷹田は出雲を見た。

出雲は皺のついたデニムシャツを腕まくりしている。とてもじゃないが弁護士には見えないはずだ。

「いいえ、彼女が」

白いジャケットを着て鷹田の正面に座っている紬を指さす。

「えっ、松岡先生って女の人だったんですか」

目を丸くしながら、紬と出雲の顔を交互に見た。聡美には一瞥も与えない。

「人づてに離婚に強い弁護士さんがいると聞いてうかがったもので。てっきり男性かと思っていました。これは失礼しました」

軽く頭をさげる。

驚いた表情を見るに、ウソはついていないそうだ。

わざわざ女性弁護士を選んで依頼してきたわけではなかったらしい。女性につきまとう一番面倒なタイプの依頼人ではないようで、少しだけ胸をなでおろす。

とはいえ、弁護士と聞いて当然に男だろうと思ってしまうあたり、思いこみが強い人かもしれない。

事務所のウェブサイトに紬は顔写真を出していない。開業当初は出していたものの、性的な嫌がらせの電話がかかってくることが続き、写真を出すのをやめてしまった。幸い、ほとんどの依頼者は紹介と口コミでやってくる。

鷹田はまじまじと紬を見ていた。紬を初めて見る男はだいたいこういう顔をする。遠慮がちに盗み見る人もいれば、食い入るように見つめる人もいる。

紬は慣れた様子で涼しい顔をしていた。「本日はどのようなご依頼で？」

鷹田は姿勢を正して、膝の上で両のこぶしを握りしめた。

「妻が浮気した末に、子供をつれて家を出ていったのです」

声はわずかに震えていた。

「先月十三日のことです。僕が仕事から自宅に帰ると、妻と子供が消えていました。妻が普段使っている鞄や衣服など、荷物もなくなっています。電話も通じず、妻の実家に所在を訊いても『分からない』と言います。警察に相談しましたが、警察はどういうわけか行方不明者届を受理してくれません。そうこうしていたら、妻から『私たちは元気です。捜さないでください』と子供の写真つきでメールがきました。その写真の背景から妻は実家にいるらしいと分かりました」

警察が行方不明者届を受理しなかったのには引っかかりを覚えた。

仕事柄、何人もの失踪人の捜索をしてきた。確かに警察は積極的に動きたがらない。以前は民事不介入といって痴話喧嘩に関与しないという姿勢だった。最近はその姿勢に批判も高まっている。形式的に行方不明者届だけは受けつける場合が多い。

今回すぐに妻の居場所が分かったとはいえ、警察相談時点で行方不明だったのなら、行方不明者届はとりあえず受理されそうな気がする。

とはいえ、妻が子供をつれて出ていく場合、十中八九、行き先は実家だ。妻側も面会を拒否しているだけで滞在先を隠すつもりはないようだ。そういった状況がよくあるから、警察もいちいち動かないのだろうか。

鷹田は慌てて実家を訪ねて説得を試みたが、義理の両親から追い返されたという。「ここにはいない」の一点張りで敷居すらまたげなかった。

「でも家の奥から、四歳になる息子、朔人の声が聞こえたんです。絶対、妻は実家にいるはずです。子供に会わせたくないから、ウソがバレてるのは重々承知のうえで、『ここにはいない』と言い張っているだけで」

「奥様が浮気をしていたというのは確かなんですか?」

出雲が疑問をさしはさむと、鷹田は力強くうなずいた。

「出会い系のアプリで知りあった年下の男ですよ。こっそりスマートフォンをのぞいて、知りました」

紬が身を乗り出した。「奥様に問いただしたりしましたか?」

「妻には話していません。どうせ火遊びだろうから、放っておけば落ち着くかなと思ったんです。僕は妻より十歳以上年上だから、こんなことでピイピイ言うのも、器が小さいと思われるかなあというのもありました」

確かにこういうとき、女を責める自分が恥ずかしいという感覚は分かる。もちろん浮気する相手がいけないのだが、その浮気に傷ついてしまうと、それこそみじめだ。自分は気にしていない、許す度量があると考えて我慢したほうが気が楽だ。

鷹田はぽつぽつと身の上を語りだした。

学生時代から女性に縁遠かったという。本人としてはそれがコンプレックスだった。就職してからは何人かの女性と付きあったものの、いつのまにか自然消滅してしまった。

三十歳になる頃には女性との付きあいに疲れて、女性と距離をとるようになる。三十五歳になってやっと、「そろそろ結婚とか、したほうがいいのかな」と考えはじめたという。

のちに妻となる麻衣子と出会ったのは、そんなときだった。友人が主催した事務職の女の子との飲み会だった。

当時、麻衣子は二十三歳。鷹田からすると一回り下だ。

「名門の国立大学を出た才女のはずなのに、事務職をしていることに、まず、『あれ？』と思いました。話してみると、アニメとか、ジャニーズに夢中で、結構子供っぽい人だと分かって。呆れると同時にちょっと安心したのを覚えています」

鷹田から食事に誘い、しばらくして付きあいはじめた。麻衣子のことが可愛くて仕方なかったという。精神的にもろいところがあり、感情の起伏が激しいのは困りものだったが、そんなときこそ年上の鷹田が包容力を見せようと思ったらしい。

「今考えると、もっと警戒しておくべきだったかもしれません。二年交際して結婚しましたが、結婚後も、麻衣子の機嫌にふりまわされる日々でした。麻衣子は激昂すると物を投げたり、僕をひっかいたり、殴ってくることもありました」

「お子さんに暴力をふるうことは？」紬が訊いた。

「それはないと思います。僕に対して怒って暴れる感じですね」

　結婚してすぐに麻衣子は妊娠し、それを機に退職した。

「大げさですが、息子と出会えたことは、自分の人生で一番の幸せだと思いました。この子に会うために自分はこれまで生きてきたんだな、なんて思ったりして。妻は専業主婦なので、妻と子供を養うためにも、僕がしっかり稼がなきゃと仕事にも精が出ました。幸せな家庭だったはずなんです」

　鷹田は膝の上のこぶしをぎゅっと握り直した。そうでもしないと涙がこぼれそうな様子だった。思わず聞く側も力が入る。

「僕はよく女性から『いい人そう』『優しそう』って言われるんです。いい意味でないことは分かっています。男として物足りないってことでしょう。麻衣子は浮気相手に入れこんで、そっちに乗り換えるために家を出ていったのかもしれません。寂しがり屋で、常に相手をしてあげないと不安定になるタイプなんです。それなのに、僕は仕事ばかりで、あまり構ってやれなかったから」

　鷹田はブリーフケースを開けて一枚の書類をとりだした。

「途方にくれていた矢先、家庭裁判所から、この調停申立書というものが送られてきました。

婚姻費用を払えと。あと、息子の監護者を妻側にしろと、そういうことが書いてあります。これって、どういうことですか？　僕には何が何だか分からなくて」

紬は書類を手にとって、目を通した。

「婚姻費用というのは、家族が生活していくために、夫婦がそれぞれの収入に応じて分担するお金のことです。簡単に言えば、生活費を出し合うということです。鷹田さんの場合、奥様が専業主婦なので、奥様にお金を渡す必要があります」

「はあ、しかし」

鷹田は釈然（しゃくぜん）としない様子で首をかしげた。

「一緒に暮らすパートナーに生活費を渡すなら分かるんですけど。別居っていうのは、それぞれ独立して暮らしていくっていう意思表示じゃないんですか。自分で別居を決めておきながら、金だけ払えというのは虫が良すぎるんじゃないですか」

「お気持ちは分かりますが、別居中といえども、法律上は夫婦ですから。生活費は収入に応じて負担しなくては。お子さんの生活のためにも必要なものですから、一定額はお支払いする必要がありますよ」

鷹田は大人しくうなずいたが、すっきりしない様子で口をとがらせている。お金についてはうるさいタイプなのかもしれない。擦りへった靴を履き続けるはずだ。

「あくまで推測ですが」紬が書類を静かに戻した。「奥様は離婚を前提に、その準備を進めているのでしょう」

「離婚、そうですよね」

「監護者がそのまま離婚後の親権者になることが多いので、離婚を見越して、監護者の指定をとっておこうということかと」

「その、親権者とか監護者っていうのは、結局何なんですかね。正直よく分からなくて」

依頼人がよく訊く質問だ。打ち合わせ中、紬が繰り返し答えるから、門前の小僧のように出雲でも説明できる。

だが口を挟むまでもなく、紬がよどみなく答えた。

「親権というのは、未成年の子供の世話や教育をしたり、財産の管理をしたりする権利義務のことです。監護権というのは親権の一部、子供の世話や教育に関する部分をいいます。例えば、子供が進学するために祖父母の家に居候しているような場合、祖父母が監護者、両親が親権者ということになります。婚姻中であれば、両親は共同親権者です。ただ、離婚する際には、片方を親権者に定める必要があります」

「親権や監護権がとれなかったらどうなるのですか?」

鷹田は怯(おび)えたような目を紬に向けた。

「お子さんとは離れ離れに暮らすことになります。ただ、面会交流といって、お子さんと会ったり、メールをしたりすることはできますよ。両親の間で面会交流について取り決めておければそれでいいのですが、話し合いがまとまらない場合は、調停や審判(しんぱん)を申し立てることになりますね」

鷹田の表情は晴れない。紬を責めるようなとがった声で、

「面会交流って、どのくらいの頻度(ひんど)でやるものですか?」

と質問を続けた。

「ケースバイケースですけど、会うのは月に一回や二回のことが多いでしょうか」

「そうですか。はあ……」

鷹田のため息が響いた。肩をがっくりと落としている。

「いや、すみません。ネットなどで調べて、ある程度覚悟はしていたのですが。いざこうやって弁護士の先生に言われると、胸にくるものがあって……」

うつむいたまま、ため息を重ねる。ほうれい線が深く刻まれている。口元にひげの剃(そ)り残しが見えた。シャツもよく見るとしわが寄っている。

離婚間際の男女の写真を何百枚もとっているから分かるのだが、妻に出ていかれると、男はどんどんみすぼらしくなっていく。逆に出ていった妻はイキイキとしている。夫に出ていかれた妻だって、怒りと闘志に燃えてハツラツとしていることが多い。

「あの、親権、とれますよね？　僕は積極的に育児に参加してきました。収入もあるし、実家の両親も元気なので手伝ってくれると思います。一方で妻は気分の浮き沈みが激しくて、暴力をふるう。そんな妻に子供を任せるのは危険すぎます」

「家事や育児はどのように分担されていましたか？」

紬が訊くと、鷹田は虚(きょ)を衝(つ)かれたような表情を浮かべた。予想外の質問だったのだろうか。

戸惑うように視線を泳がせて、深呼吸をひとつすると、ハキハキと答えはじめた。

「僕は、息子を幼稚園に毎日送り届けるのを欠かしたことがありません。土日はなるべく家にいて、息子と遊んでやっています。見聞(けんぶん)を広めるために積極的に博物館やキャンプ場に連れ出しています。あっ、そうだ。息子は電車が好きなので、よく一緒に電車に乗ったり」

話しているうちに、鷹田の目が潤んでいって、ついには涙がぽろっとこぼれ落ちた。

「さくちゃんは、プラレールを欲しがっていました。新幹線N700S確認試験車が走るもので、レール分岐があったり、立体交差があったりする本格的なやつ。妻は高すぎるといって買い与えませんでしたが、妻の反対を押し切ってでも、買ってやればよかった」

一人盛りあがる鷹田と裏腹に、事務所の中はしらーっとした空気が流れていた。

家事育児の分担の話をしているのに、どうしてプラレールの話になるのだろう。とはいえこのくらいの脱線は法律相談につきものだった。

「あの、予防接種は?」

思わぬところから声がした。カウンターの前でお盆をもって立っていた聡美だった。眉尻をあげ、いつになく厳しい表情を浮かべている。

「予防接種や病気のときに、医者に連れて行ったりしましたか。子供の服の洗濯とか、園に持参する着替えなど荷物の準備、持ち物への名前つけ、園との間の交換ノートに子供の様子を書いたりするのは、どちらですか。子供が熱を出したときにお迎えに行ったり、園の説明会に行ったり、トイレトレーニングをしたり、しましたか?」

立て板に水のように質問を浴びせかける。

鷹田はびっくりしたような顔で聡美のほうを見た。

聡美の言葉に面食らったというより、聡美の存在をすっかり忘れていて、急に話しかけられて驚いているような感じだった。

「そういう細かいことは、妻に任せています」

「細かいことですか」聡美の言葉の端に不満がにじんでいた。

「妻は専業主婦ですから。僕は働いているので、子供の世話をするのは現実的ではないんです」

「働きながら子育てしている人は沢山いて――」聡美は声を大きくして言ったが、たしなめるような紬の視線を受けて、「失礼しました」と頭をさげた。

小さい子供を育てながら働いている聡美からすると、さほど育児をしていないのに、あまりにも自信満々に「積極的に育児に参加」したなどと語る鷹田が、しゃくに障ったのだろう。鷹田は幼稚園への送り届けと休日の遊び相手だけを担当している。育児の中でもほんの一部、しかも比較的楽しい部分しか担(にな)っていないように見えた。

「親権をとれるか、ですよね」

紬がやや重々しい口調で言った。

「親権者を決める際は、『監護の実績や継続性』や『主たる監護者』であることが重視されます。平たく言うと、どっちが子供の世話をしてきたかということです。これまで子供の世話をしてきた人がそのまま世話するほうが、子供のためになると考えられているんですね。鷹田さんの場合、率直に言うと、かなり不利です。これまで育児については奥様がメインだったようですし、今現在も、お子さんの面倒を見ているのは奥様ですので」

「そんな」

鷹田のこぶしが、膝の上で小さく震えていた。

「あの、ネットで見たんですけど。親権って母親優先なんですよね？　大きな問題がなければ基本的には母親が親権をとるそうです。それって、女性優遇、男性差別なんじゃないですか？」

鷹田は棘（とげ）のある視線で紬を見た。

出た、男性差別！

心の中で警戒心がむくむくとわいてきた。事務所にやってきてクレームをつけるタイプの男性は、納得がいかない局面で「男性差別」と口走ることが多い。そりゃ確かに、男にとってつらい局面は多々あるから、気持ちが分からないこともない。けれども、理由は何であれ、厄介ごとを引き起こされるのは御免だった。

いつでも立ちあがってとめに入れるように足に力を込める。

紬は慣れているからか、あるいは単に鈍感（どんかん）なのか、鷹田から向けられる険（けん）のある視線を全く気にしていない様子だ。いつも通りの涼しい顔で答えた。

「確かに以前は、女性に優先的に親権をとらせる傾向が強かったです。しかし、ここ二十年ほどは考え方が変わってきています。女性だから一律有利というわけではなく、日常的に子供の世話をしていたほうが引き続き世話をする、という考え方になっています。ただ、女性のほうが育児負担が大きい傾向にあるので、結果として今でも女性が親権をとることが多いってだけですよ」

紬が説明するあいだ、鷹田はあらぬ方向をぼんやりと眺めていた。どれだけ話を聞いているかも定（さだ）かではない。親権をとるのが難しいという現実を突きつけられて、茫然（ぼうぜん）としているのかもしれない。

　重い沈黙が事務所の中を流れた。

「妻の心が離れたなら、それは仕方ないです。浮気でも離婚でもすればいい。だけど、そのせいで子供をとられるのはおかしいでしょ。あいつが一人で家を出て行けばいいのに」

という鷹田のつぶやきも、強がりに感じられた。

　真面目で実直で、やや不器用な男性が、年下の可愛らしい女性と結婚にこぎつけた。子供も生まれ、より一層仕事に精を出していたのも束の間、妻は若い男と不倫してしまう。探偵をしているとよく見るパターンだった。

　不思議なもので、精神的に不安定な女性に限って、自分の面倒を見てくれそうな「良い人」を見つけるのがうまい。鷹田よりも頼りがいのある男性に乗り換えるつもりなのかもしれない。

　男として情けなく、ふがいない気持ちでいっぱいだろう。それを直視できないから、さしあたり妻を悪者にして、あいつのことはもういいから、と口走ってしまうのだ。

　子供と離れ離れになってしまうのも不憫だった。ほとんど育児に参加していなかったのは問題だが、専業主婦をパートナーに持つ社会人の多くは同じような状況だろう。鷹田の落ち度とまでは思えなかった。

　次回の打ち合わせの日取りを決めると、鷹田は肩を落として帰っていった。

　紬はパッと気持ちを切り替えるように、二階から猫のハネ太を抱いてきて、その腹に顔をうずめた。足元にはトメ吉がすりよっている。

出雲はしゃがんでトメ吉の額をなでてやった。トメ吉は途中まで気持ちよさそうに目を細めていたくせに、急に目をバチッと開けると、迷惑そうに出雲の手をよけた。甘えたがるくせに気分屋で気難しいメス猫だ。オスのハネ太のほうは、何をされても構わない気の大きいやつなのに。

出雲は事務所の外に出てたばこをくわえた。気分転換はこれに限る。

事務所の脇の空き地に黄色いビール瓶ケースが転がっている。そこに尻を乗せ、足をぶらつかせる。

近くの幼稚園から陽気な音楽が響いてきた。お遊戯会が近いらしく、最近毎日練習しているようだ。東衛寺の門から出てきた中年女性三人組は、はちきれんばかりの笑顔でおしゃべりを交わしている。その背中をなんとなく目で追う。

冬の柔らかい日ざしが残雪にふり注いでいる。踏まれて黒くなった部分を見つめながら、「そりゃ、つらいよな」とつぶやいた。白い煙だけが応えるように揺れた。

2

翌週の水曜日、出雲と聡美は車の中で身動きもせず待っていた。

横浜市旭区にある古い住宅地だった。昭和三十年代に高級住宅地として分譲され、その頃に建ったらしい木造建築が雨風に耐えながら昔のまま建っている。

入りくんだ狭い道の先、袋地になっているところに麻衣子の実家、田山家はあった。

公道に面していないため、隣の住宅の私道を通って外に出る必要がある。

鷹田のことは近隣でも共有されているらしく、田山家に通じる私道のあたりをうろつくだけで、近所の者が義理の両親に連絡するらしい。すぐに義理の両親が出てきて鷹田を追い払うという。

私道の入り口が見えるコインパーキングの端に車をとめて、麻衣子の動きを監視していた。出会い系アプリのメッセージを見た鷹田によると、浮気相手とは水曜の昼間に落ちあうことが多いという。

「私がいる意味、あるんですかね？」助手席の聡美がけげんそうに訊いた。

「そりゃもちろん。俺一人だと怪しいだろ」

「二人でも怪しいですよ」

「いや、男一人と男女ペアは全然違う」

実際に、二人で歩いていれば近隣住民は「こんにちは」と挨拶をしてくる。聡美もにこやかに返す。出雲一人ではこうはいかない。不審そうにじろじろと見られるだけだ。

時刻は正午すぎである。張りこみを始めてから一時間以上が経っている。

「子供もいるのに、こんな真っ昼間から浮気なんてするんでしょうかね」

どうも腑に落ちないらしい聡美は首をかしげている。

「専業主婦の場合、平日昼間こそがピークタイムだよ」出雲は苦笑した。「子供は園に預けてあるし、旦那は仕事。浮気相手は平日休みのサービス業のこともあれば、外回り中の営業マンのこともある」

聡美は顔をしかめ、汚いものを見るような目で出雲を見た。

「最悪」

「いや、俺が浮気してるわけじゃないんだから」

十二時半を回った頃、私道から砂利(じゃり)を踏みしめる音がした。窓を少しだけ開けて、望遠レンズを向ける。

麻衣子が出てきた。

リボンのついた白いコートに水色のマフラーをまいていた。三十歳という年齢のわりに女子大生のような恰好をしている。紬も学生時代はこんな感じの服を着ていたものだと思いだしたが、すぐに意識を麻衣子に引き戻した。

素早くシャッターを切り、外に出る身支度を整える。

麻衣子は出雲たちがいるのとは反対方向に歩きだした。駅に向かっているのだろう。

「追うぞ」

短く言うと、音を出さないよう慎重に車からおりた。聡美もそれに続く。車のロックも音が出にくい仕様になっている。

一定の距離を保ちながら後を追う。すぐ横の聡美を見る。顔がこわばっていた。初めての尾行に緊張しているのだろう。

「普通にしておけば大丈夫」

小さい声で言うと、聡美はうなずいた。

駅に向かっているだけだ。いつも通り歩いていれば怪しまれることはまずない。

買い物帰りの主婦が自転車で追い越していく。手押し車を押した老婆がゆっくりゆっくりと近づいてきてすれ違う。何の変哲もない昼間の住宅街だ。

麻衣子は上りの相鉄線に乗りこんだ。出雲たちも続き、隣の車両に乗る。貫通扉の窓から隣の車両の様子をうかがう。混んでいないので麻衣子の様子は十分に見えた。

「きっと横浜まで行くんだろうな」

出雲の予想通り、麻衣子は二十分後に横浜駅でおりた。

「人混みがある。見つかる心配はないから、とにかく相手を見失わないようにするんだ」

聡美に説明しながら、足早に歩きはじめる。

麻衣子は慣れた足取りで中央南改札に向かい、改札を出たところで茶髪の若い男と落ちあった。一見して、美容師かバンドマンという感じの男だ。ひょろっとしていて、服装も洒落ている。鷹田とは正反対のタイプに見えた。

二人は手をつないでラブホテル街に入っていく。その先は出雲の庭だ。身を隠すべき場所もよく分かっている。麻衣子たちは、大学生が行くような一番安くて汚いホテルに入っていった。その瞬間を写真に収める。

「ここまでくれば大丈夫。小山田さんは事務所に戻って平気だよ」

そう言うと、後ろにいた聡美はホッとしたような表情を浮かべた。ラブホテル街に男と一緒に入っていくのは仕事でも嫌だっただろう。躊躇（ちゅうちょ）なく「では失礼します」と言って、きた道を戻りはじめた。

あとは数時間待機して、出てくるところも写真にとるだけだ。休憩時間は三時間までと表示されていたが、麻衣子たちは二時間ほどで出てきた。幼稚園の迎えの時間がさし迫っているのだろう。

念のため、そのまま麻衣子を尾行する。相鉄線で最寄り駅に帰り、実家を通りすぎて、午後三時すぎには幼稚園についた。

「さくくんっ」明るい麻衣子の声が響いた。

「おかあさーん、遅かったよー」と男児の甘えるような声が続く。

手をつないで歩いていく二人の背中を、近くにとまったトラックの陰から見つめる。行動履歴を示すため、その二人の様子も写真に収めた。

こんなとき、どうしようもなく虚しい気持ちに陥る。どぶさらいみたいな仕事だ。何が楽しくて、浮気相手と会った直後に子供と手をつなぐ女の写真をとらなくちゃいけない。

探偵という仕事に誇りなんて持ったことはない。できることがこれしかないからやっている。乾いた気持ちと裏腹に、身体はてきぱきと動いた。

幼稚園の関係者や近隣住民に見つからないうちにその場を離れた。これで今日の調査は終了だ。十分な成果だった。

その翌週の水曜日も同じように尾行をした。

継続的な不倫であることを示すためにも、複数回の現場を押さえる必要がある。

この日は出雲一人で、麻衣子の実家の最寄り駅に待機していた。住宅地に分け入らなくていいのなら聡美の協力は不要だ。

案の定、十二時を半分すぎた頃に麻衣子は現れた。

先週と同じように相鉄線に乗り、一時ちょっと前に横浜駅についた。いつも午後一時に横浜駅で待ち合わせしているのだろう。

人波に紛れながら麻衣子を追い改札を出る。

あれっと思った。

麻衣子はスーツを着たサラリーマン風の男に近づき、一礼した。先週とは違う男だ。今回は、体育会系の雰囲気の日焼けした男だった。

二人はにこやかに言葉を交わし、腕を組んで歩きだした。

ラブホテル街へ向かい、先週とは異なるホテルに入る。すかさずその写真をとった。

浮気相手は一人ではなかったのだ。

嫌な予感がした。経験上、一人とだけ不倫をするタイプと複数人と遊ぶタイプははっきり分かれる。二人と不倫している場合、三人目、四人目がいる可能性が高い。

ホテルから二時間ほどで出てきて、二人は駅前で別れた。

そのまま電車に乗るかと思いきや、麻衣子は地下街にある大きなドラッグストアに立ちよった。注意深く跡をつける。振りかえることもなく歩いていく様子からすると、麻衣子はつけられていることに全く気づいていないようだ。

シャンプーボトルが並んだ棚に身を隠し、コスメエリアをうろつく麻衣子を見守る。ただの買い物か、と思ったそのとき、麻衣子は振りかえり、周囲を見回した。

出雲はとっさに視線を外し、詰め替え用のシャンプーに手を伸ばした。意味もなく裏側の成分表示を見つめる。

目の端で、麻衣子がコスメの棚に向き直るのを捉えた。

そして次の瞬間、リップグロスを一本引き抜いて、コートのポケットに入れた。本当に素早い、手慣れた動きだった。

そのまま早足で店から出ていく。先ほど姿を見られた可能性があるので、すぐについていくと怪しまれる。じりじりとした気持ちで三十秒ほど待ってから店を出ようとしたら、

「ちょっとあなた」

と後ろから声がかかった。

黄色いエプロンをつけた五十絡みの男性店員だ。不快そうに眉をひそめている。

「なんでさっきの人、捕まえてくれないんですか」

「さっきの人?」困惑して訊きかえす。

「そうですよ。万引きしてるお姉さん、いたでしょ。なんで店を出た瞬間に声をかけないんですか」

と言いながら、手の動きでバックヤードに来るように促(うなが)される。

「なんで、と言われましても」

確かに倫理上、声をかけたほうがよかったのかもしれない。だがそうすると尾行していたことがバレてしまう。

レジ横の奥まった場所で立ちどまり、ささやかな抵抗を示した。

「でも店員さんが気づいていたなら、店員さんのほうで呼びとめればよかったんじゃないですか」

するると店員は一段と不機嫌な顔になって、

「そういうのは、万引きGメンさんの仕事ですよね」

「万引きGメン？」

何が何だか分からず、裏返った声が出た。

出雲の反応を見て、店員はハッと思ったらしい。急に表情をゆるめて、

「あれ、もしかしてお兄さん、万引きGメンじゃない？」

「違いますよ」

「でもさっきのお姉さんの様子をうかがっていましたよね？」

こういうときに下手に嘘をついても怪しまれる。名刺をとりだし、探偵として先ほどの女性の調査をしていると説明した。

「ええっ、探偵さんって、現実にいるんですねえ。会ったの初めてです」

店員は口を縦に開けたまま、目だけきょときょとと動かして出雲を見つめた。好奇心いっぱいという感じだ。

こういう反応を示す人はぽろりと有益な情報をもらしてくれることがある。

「この店は万引きが多いんですか？」

世間話ふうに切りだす。すると待っていましたとばかりにうなずいた。

「ほんとほんと、ほんとに多いんですよ。駅地下で混雑しているのもありますけど。常習犯が結構いて、さっきのお姉さんも何度も万引きで捕まえて、注意しているんですよ」

「そうなんですか？」

「そう。捕まえるたびに旦那さんがやってきて土下座して必死に謝るから、仕方なしに警察には突きださないでいるんですけど。次やったら出禁ですよと言っているのに、このざまです」

何度も捕まっている店でまた万引きをするのはおかしい気もする。だがそれは、万引きをしない一般人の考えだ。半ば依存症に陥っている者は冷静な判断ができない。むしろ以前万引きをした店に入ると、スイッチが入ったように再び万引きをしたくなることもある。

店を出て北鎌倉に戻りながら思いをめぐらせた。

万引きで捕まった妻のもとに駆けつける鷹田はどんな気持ちだっただろう。精神的にもろいところがあり、感情の起伏が激しいと麻衣子を評していた。

だが万引きの常習犯であるとは、事務所で一言も言わなかった。身内の恥という気持ちもあるのかもしれない。けれども鷹田は見栄っ張りな感じがしない。本音は別のところにある気がした。

好きだったんだろうな、と思う。

好きな女を人前で悪く言えない。ついかばってしまう。

たとえ浮気をされ、離婚をつきつけられた状況であっても。

いざとなったら手のひらを返して猛攻撃をしかけてくる女たちとはわけが違うのだ。男はもっと情緒的で、引きずりやすく、切り替えがきかない。

一度好きになってしまったら、ひどいことをされても、すぐには嫌いになれない。

鷹田は仕事ばかりで麻衣子に構ってやれなかったと言っていた。そのせいで麻衣子を追いつめ、万引きに走らせたと自責の念に駆られているのかもしれない。

「戻りました」

声をかけてから事務所の扉を開くが、人は出払っていた。窓からうすぼんやりとした日ざしがさしこみ、舞いあがるほこりを輝かせている。

がらんとした蔵の奥に進むと、事務机の上に小箱が置いてある。有名なチョコレートメーカーの名前が印刷された青いリボンがついていた。

箱の端に「紬より」と書かれた付箋が貼ってある。

「あっ、今日はバレンタインデーか」

独り言をもらした。そんなイベントの存在自体、すっかり頭から抜け落ちていた。

「こういうところだけ律儀なの、やめてほしいよなあ」

誰に言うわけでもなくこぼした。

うっかりすると胸がじゅくじゅく痛みだす。チョコレートの箱を乱暴に手にとり、いっそゴミ箱に入れようかと身をひるがえしたが、それ以上身体が動かない。ぎこちなく姿勢を戻して、引き出しの中に小箱をそっと入れた。

捨てられるわけないじゃないか、と思う。

松岡紬と最初に会ったのはいつだっただろう。

記憶にないくらい小さい頃だ。覚えている一番古い記憶は、三歳の頃。

東衛寺の敷地の端でビニールプールを出して遊んだ。紬はスイカ柄の水着を着ていた。出びしょになって嫌だった。

雲は恐竜柄のスイムパンツだったと思う。紬はしきりに水をかけてきた。髪の毛がびしょびしょになって嫌だった。

実家が東衛寺の裏手にあったため、両親同士の仲が良かった。同い年の紬とはよく遊ぶことになった。いわゆる幼馴染というものだろう。

紬は内弁慶だった。身内で遊ぶときは傍若無人に暴れまくるくせに、保育園に行くと大人しくしている。誰かに話しかけられると、出雲の後ろに隠れるような子だった。

年長クラスにあがる頃には、紬にもちらほら女友達ができてきた。だがそれも大の仲良しという感じではない。保育園にいる間は一緒にいるが、休日に一緒に遊ぶ仲ではないようだった。紬は普段だいたい家にいた。おままごとが好きで、出雲もさんざん付きあわされたものだ。

小学校に入った頃、あれっと思うことが続いた。

紬のまわりに男女ともに人が集まるようになっていたのだ。「かわいい」「お人形さんみたい」と女子たちは口々に褒めた。男子は紬の髪の毛を引っ張ったり、ランドセルにぶつかってみたり、嫌がらせをして気を引こうとしていた。

それまでは距離が近すぎて気づいていなかった。だがこうして見ると、確かに紬のまわりだけパッとスポットライトが当たっているみたいに輝いている。華やかさというか、オーラというか。周りの子供と比べても顔立ちが整っていて、手足も長い。色が白くて、確かに西洋人形のようだった。

意識をすると急にどぎまぎする。出雲は紬を避けるようになった。

地元の野球クラブに入っていたから、そっちの友達とばかり遊んでいた。だが紬はいつも通り出雲にまとわりつく。

小学校四年生の放課後、紬が家を訪ねてきて、玄関先でバレンタインデーのチョコレートをくれた。たいした意味はなかったと思う。両親のさしがねで、これまでもバレンタインデーとホワイトデーのお菓子の贈りあいをしていたからだ。

だがその日は、たまたま野球チームの同級生が家に遊びにきていた。紬がチョコレートを持ってきたのを目撃され、その話はすぐに広まった。散々からかわれて、ものすごく居心地が悪かった。当時の自分としては、女の子と仲が良いというのは自慢でもなんでもなく、子供っぽくて恥ずかしいことだった。

「こういうの、もうやめてよ」

そう伝えると紬は泣いた。口調が強かったかもしれない。

出雲の両親は慌てて紬に謝り、出雲を叱った。もらったチョコレートの何倍もの値段がするクッキーの詰め合わせをお小遣い（こづか）から買って渡す羽目になった。

中学にあがると紬はますます人気者になった。入学早々、ガラの悪い感じの三年の先輩に呼びだされ、告白されていた。

同級生の男たちのあいだでも密かに紬を思う者は多かった。仲を取り次いでくれと出雲に頼んでくるやつもいた。

出雲は断らなかった。

自分と紬は家が近いだけで何の関係もないのだし、紬に恋人ができたところで何も困らない。当時は疑いもなく、本気でそう思っていた。幼かったのだ。

紬はデートの誘いや告白をすべて断っていた。そのうち女子のあいだでも「えり好みしてる」「お高くとまっちゃって」と悪口を言われるようになる。ステディな恋人を作ってしまえば、他の男子も紬をあきらめる。

「いつまでも男子たちにチヤホヤされたいから彼氏を作らないんだよ」

学校の女子たちは陰で口々に言った。紬の耳に入っていたはずだ。

それでも紬は頑なに誘いを断り続けた。それで出雲は、もしかして、と淡い期待を抱くようになった。

紬は進学校に行き、出雲は数段学力の低い高校に進んだ。だが通学の路線は同じだった。紬が痴漢（ちかん）にあったと泣きついてきて以来、ボディガードをかねて登下校を共にするようになる。頼られている感じがあった。

外では澄ましている紬が、自分の前ではガハハと笑い、人目をはばからず脇の下をかいたり、スカート丈を調整し直したりする。方向音痴でよく道に迷い、困った末に電話をかけてくることもしばしばだ。あの汚い部屋に何度も入っているから、いまさらだらしない一面を隠す必要もない。気を許し、素（す）を見せてくれていると思った。実際に紬は「出雲君と一緒にいるのが一番楽だわー」と言っていたのだ。

淡い期待がどんどん濃くなり、いつのまにか心に深く沁み込んでいた。

もしかすると紬は、自分のことを思ってくれているから恋人を作らないんじゃないか。馬鹿らしい妄想のようにも思えたが、紬と一番長い時間をすごしているのは自分で、他の誰よりも紬を知っているという自負があった。

朝に弱いこと、化繊の服では肌荒れすること、スースーする歯磨き粉は嫌いなこと、でもチョコミント味のアイスはいけること、動物番組を観るとすぐ泣くこと、絶叫系のアトラクションが大好きなこと、書道に打ち込みすぎて最近腰が痛いこと、法学部に行きたいと言ったら父親に難色を示されたこと。

一番親しい友人でも知らないようなことまで知っていた。

やっぱりこれは、俺からの誘いを待ってるんじゃないか。

出雲は何度も考えた。

共にすごしている時間は長いが、出雲から告白めいたことを言ったことはない。好意を示すような行動はあえて避けていた。万が一断られたら今の関係も壊れてしまう。家が近くて両親同士も仲がいいだけに気まずい。

結局、行動に移すことをためらっているうちに高校卒業を迎えた。成績優秀だった紬は横浜にある国立大学の教育学部に進学した。出雲は何となくいくつかの公務員試験を受け、一番性にあっていた警察学校に入った。

紬にいつ気持ちを伝えようか、というのは常に頭にわだかまる懸念になっていた。

そもそも紬のことをいつから好きになったのか分からない。好きだと実感する出来事があったわけではない。ずっと一緒にいて、紬が他の男になびかないことで、自分が責任をとらなきゃいけないような気持ちになり、それは自分としてもまんざらではなくて、すっかりその気になっていた。

十九歳になった年の大晦日、警察学校の寮から実家に帰省して、紬と待ち合わせて除夜の鐘を聞きに行った。

寺の娘なりの反抗なのか、実家の寺には行かず円覚寺に足をのばしたいと紬は言った。円覚寺は東衛寺の近くにあって、東衛寺よりもずっと広大な敷地を有している。江戸時代、夫と縁を切りたくて逃げだしてきた女たちが間違えて円覚寺に駆け込んだこともあるほどだ。

深夜の円覚寺は闇にとっぷり包まれて、ところどころにさがる提灯だけがうすぼんやり浮かびあがっていた。紬のショートブーツのソールが砂利をザッザッと踏みしめる音が響いた。自然と口数が減る。

境内からゴーン、ゴーンと除夜の鐘が響いている。奥に進むにつれ騒がしくなり、人いきれに満ちてきた。両親の手にぶらさがってはしゃぐ子供とすれ違う。

「大学どう？」

行列の最後尾で立ちどまったときに訊いた。

「まあまあかな。コンパとか、そういうのが結構面倒」

警察学校でも宴会はある。男ばかりの集団でわいわいやるから楽しかった。でも大学のコンパというと、急に別世界の華やかなものに感じられる。どうせまた紬は男の先輩たちから目をつけられ、様々な誘いを受けているのだろう。

「彼氏とか、できた？」

何気ないふうを装って訊いた。

「できるわけないじゃん」紬は笑いながら答えた。

もう一歩立ちいって、その言葉の真意を尋ねたい。だが言葉が続かなかった。会話はそれで終わった。

順番を待ち、除夜の鐘を一つずつつく。一般客がつき終わると、坊さんたちが順番についていき、鐘楼（しょうろう）を取りかこむように並んで、お経を唱えはじめた。

男たちの低い声が頭の中でがんがん響いて、意識が遠のく感じがあった。現実から一、二センチ浮きあがったような感覚に陥り、どうにでもなれ、と思えてくる。

年が明けた。

仏殿（ぶつでん）にお詣（まい）りをする。緊張しすぎて何も祈願できなかった。参拝の所作をなぞるだけで精一杯だ。

境内を引きかえし歩きながら、もう少しで出口につくというところで、やっと口を開いた。

「俺たち、付きあってみない？」

努めて軽い調子で言った。断られても冗談として済ませられるように。だが実際に出た声はかすれてうわずっていた。

紬はこちらを振りかえり、ぎょっとしたように目を見開いた。驚きの表情はすぐに消え、苦笑いを浮かべている。

やっちまった、と思った。

「あ、いや、別に気にしないで」

早口で付け足す。

すると紬は、「私、恋愛とか、よく分からないんだ」と言った。口からぽろりとこぼれ落ちるような言い方だった。

沈黙が流れる。

どうしよう、どうしようと頭の中がパニックになった。今からなかったことにするしかない。走って逃げ帰りたい気分だった。

何か言わねばと焦っていると、紬が先に口を開いた。

「でも、その、よく分からないっていう前提で、そういう私でいいなら、試しに付きあってみてもいいんだけど」

息がとまるかと思った。

「うん、いいよ。最初は分からないのは当たり前じゃん」なかったことにならないよう、急いで話をまとめる。「そうしよう、試しに付きあってみよう」

早口どころではない。棒読みで急きたてるように言った。

身体じゅうの細胞がわきあがるようだった。

手のひらと足の裏がむずむずした。

こんな幸せなことがあっていいのだろうか。俺、ラッキーすぎるんじゃないか、と心底思った。

恋愛が分からないという紬の言葉もむしろ好ましく感じた。分からないのは初めてだからだろう。自分も初めてで、正直よく分かっていない。これから二人で関係を深めていけばいいのだ。

世界中に沢山の男女がいるなかで、彼女と自分は結ばれるべくして結ばれた一対の運命共同体のような気がした。ロマンチストすぎるかもしれないが、男は一生のうちのどこかで必ず、一度はこういう夢を抱く。それが運よく実現する者は限られているだろうが。

「俺、連絡するから。あ、そうだ。来週、江の島に行こう。車出すから」

江の島なんて江ノ電で行けばいい。だがドライブデートという「カップルっぽいこと」をいち早くして、自分たちは恋人同士なのだということを既成事実にしてしまいたかった。

高校卒業後の春休みに運転免許をとっておいてよかったとしみじみ思った。

「あそこ今、イルミネーションやってるから」

口早に言うと、紬は照れたように「うん」と答えて笑った。その笑顔で全てが報われた思いだった。身体の芯がカッと熱くなった。

3

鷹田麻衣子に関する調査報告書は充実した内容になった。

浮気相手は確認できただけでも四人いた。平日の昼間を中心に、出会い系のアプリで知りあった男たちと密会を重ねている。一度きりの相手もいたが、四人のうち二人とは何度も会っているようだった。

特定の誰かと新生活を始める気配は感じられない。新しい男と所帯を持つために家を出たわけではないようだった。

調査結果を報告すると、鷹田は顔を真っ青にした。

「万引きのことは、鷹田さんもご存じでしたよね？」

出雲が尋ねると、鷹田は渋い顔でうなずいた。「そりゃ、もちろん」

「どうして話してくださらなかったんですか」

紬が諭すように言う。「隠しだてなく話してもらわないと、適切に弁護ができないこともありますので。なるべく教えてくださいね」

鷹田は肩を落としたままうなずく。

でも正直には言えないよなあと、同情の目を向けてしまう。鷹田は今でも麻衣子のことを好きなのだろうから。

調停の期日が近づいているらしい。法的な事柄について打ち合わせが始まったので、出雲は席を外して表に出た。

いつものビール瓶ケースの上に座り、たばこを吸う。

空はどんよりと曇っていた。冬咲きの椿の花が隣の民家の生垣から顔を出している。おでんの出汁のにおいが漂ってきた。寒い時期に亀丸食堂はおでんを出すのだ。

事務所の扉が開き、鷹田が出てきた。打ち合わせが終わり帰るところらしい。出雲に目をとめると、「あの」と身をかがめて話しかけてきた。

「子供の通っている幼稚園、どこにあるか教えてもらえませんか？」

「なんでですか？」

「妻の実家に近づくと追いかえされます。幼稚園に行けば、子供に会えるし、妻とも会える。

一度面と向かって、きちんと話し合いたいんです」

鷹田は落ち着き払った口調で話した。

どこからどう見てもまともな感じの中年男性だ。

しかしどことなく嫌な感じが背筋を走った。

「教えることはできません」

きっぱり断ると、鷹田の顔に当惑のような怒りのような黒い色が浮かんだ。

「どうしてですか。知ってるなら教えてくれたっていいじゃないですか」

「鷹田さんは代理人を立てて調停をするのでしょう。当事者同士で勝手に顔をあわせると、話がこじれやすいんですよ」

探偵の調査も同じだった。調査対象者の居場所を依頼人に教えると、依頼人が対象者に突撃して修羅場に陥り、調査が台無しになることが多い。だから調査対象者の居場所をつかんでいても、絶対に依頼人には共有しなかった。

「分かりました」

と言ったものの、明らかに納得していない様子で顔を曇らせている。立ち去るわけでもなく、名残惜しそうにこちらを見ながら突っ立っている。

沈黙が気まずくなって何気なく口を開いた。

「あの、俺もよく言われますよ。『いい人そう』って。女の子から」

鷹田は頬をゆるませた。「え、出雲さんも？　実は最初に見たときから、僕と同じにおいがするなって思ってたんですよ」

そう言われると「いや俺はあんたと違うし」と言いたくなって、ちょっともやもやしたが、あえて否定するほどでもない。

「無理を言ってすみませんでした」

と頭を下げると、鷹田は去っていった。


翌日、聡美とともに家庭裁判所に向かった。

麻衣子とその代理人は、裁判所に「事情説明書」を提出しているらしい。調停申立書とは別に、背景事情を補足するための書類だ。相手方には送付されないので、存在すら知られていない場合もある。

調停に先立って、事情説明書が出ていると相手方から知らされ、急ぎその謄写をとることになったのだ。

関内駅と石川町駅のちょうど中間くらい、横浜スタジアムのすぐ近くに家庭裁判所はあった。ベージュ色の五階建て、いかにもお役所という感じの建物である。

聡美にやり方を説明しながら、謄写室で書類を受けとり、念のため中身を検めた。

A４の用紙に横書きで、相手方の主張が書いてあるようだった。弁護士が書いたらしく、堅い言葉遣いである。後ろのほうの添付書類には画像がついていた。ふと視界に入ったその画像に、背筋が凍った。

女性の腕に赤紫色のアザができている。そのすぐ次のページには、「全治二週間」と記された診断書がついていた。

思わず前のページにさかのぼって視線を走らせる。

年明け早々、申立人は実家から帰ると、相手方と口論になった。午後八時から午前二時までのあいだ、帰省期間が長すぎると執拗に責められたのである。疲労と眠気により、申立人の頭が前後に揺れたところ、相手方は激高し、申立人の頬をぶった。

これまでも毎日、家に帰ると行動を一つずつ確認され、文句を言われていた。反論をすると何倍もの量の説教となって返ってくるので、そのうちに行動を確認されるだけで動悸がするようになった。相手方が恐ろしくて、逃げ出そうとしたら、羽交いじめにされた。これにより、申立人は肩を脱臼した。

さらに、相手方は申立人の腕を強くねじり、「お前は甘やかされて育ったダメ人間だ」と怒鳴りつけた。

目を疑うような内容が記載してあった。

鷹田は麻衣子の行動を事細かに監視し、少しでも気に食わないことがあると「話し合い」と称して執拗に責め立てたという。麻衣子がその場から逃れようとすると、鷹田は暴力をふるった。恐ろしくなって、麻衣子は子供を連れて家出をしたという。

診断書の日付を見ると、一月十二日となっている。麻衣子が家出をした前日だ。

妻に浮気をされたと言って肩を落としていた鷹田の姿が思いだされる。嘘を言っているようには見えなかった。

一体どういうことなのだろう。

どんどん湧きあがってくる疑問を振りはらうように、早足で事務所に戻った。


その三日後、鷹田が再び事務所を訪ねてきた。

紬と聡美、出雲の三人で出迎える。探偵による調査は終了しているから、本来であれば出雲は同席しなくてもいい。だが女性二人だけでこの男と対面させるのは危険な気がした。

「事前にメールでもお送りしましたが、こちらが、相手方から出された事情説明書のコピーです」

紬が書類をさしだした。

鷹田は今日もきちんとスーツを着ている。午後から半休をとって出てきたという。

「相手方はＤＶの被害を訴えているようですが？」

ふるふると首を横に振って鷹田は口を開いた。

「そんな、ＤＶだなんて身に覚えがありません。何かの間違いですよ」

本当に当惑している様子だ。演技だとしたらうますぎる。

ひとしきり頭をかいて、ハッと顔をあげると、「そういえば、警察でもそんなことを言われました」と話しはじめた。

「行方不明者届を出そうとしたときです。妻からＤＶの被害届が出されているので、妻の居場所を教えることはできないと。妻と子供は安全なところにいるのは分かっているので、行方不明者届は受理できないと説明されたんです。何のことだか意味が分からなくて、混乱しているうちに妻からメールがきたので、行方不明者届のことはうやむやになっていましたが」

　確かに鷹田は、警察に行方不明者届を受理してもらえなかったと話していた。それを聞いたときも違和感があったが、やはりそれなりの事情があったのだ。

「なんで妻がそんなことを警察に言ったのか、全然分かりませんでした。ネットで検索してみると、こういうのを『偽装ＤＶ』って言うらしいんです。悪徳弁護士、別れさせ屋みたいなのがいて、離婚ビジネスで金もうけしてるんですよ。そういう人たちが妻を焚きつけたに違いありません」

　出雲は目を丸くした。「偽装ＤＶ」という言葉を初めて聞いたからだ。

　暴力被害に遭っていないのに、被害を偽装して訴えることのようだ。そんなことが実際に行われているとしたらとんでもない。

　だが一方で、引っかかりも感じていた。ＤＶを偽装する理由が見当たらない。

　それに、「悪徳弁護士」「別れさせ屋」という言葉にも違和感を覚えた。離婚を専門にしている紬の前で「離婚ビジネスで金もうけをしている」なんて言い方をするのは、失礼な気もした。

「相手方がＤＶ被害を偽装しているとして、どうしてそんなことをするんでしょうか？」

　紬がもっともな疑問を口にした。

　鷹田はなんでそんなことを訊くんだとばかりに、自信満々で言った。

「そりゃ、離婚調停を有利に進めたいからでしょう。子供の親権をとりたいから、僕を悪者に仕立てあげようとしているのです」

「配偶者に対するDVを主張しても、親権の判断に有利になるとは限りませんけどね。配偶者へのDVと子供へのDVは別物ですから」

紬が補足したが、鷹田はむっとした表情で言いかえした。

「でも、離婚原因は僕のせいになって、慰謝料をとったりできるでしょう」

「そのためだけに、偽の診断書まで用意しますかね？」

紬は首をかしげながら、事情説明書に添付された診断書の写しに視線を落とす。

「改めて確認ですが、奥さんに暴力を振るわれたことはないのですよね？」

「もちろんです。暴力なんてとんでもない」

鷹田は語気（ごき）を強めた。目は真剣そのものである。口元が震えていた。本気で戸惑っているように見える。演技なのか素なのか分からない。

紬は書類の一部を指さした。

「診断書の日付は一月十二日になっています。奥様がお子さんを連れて家を出た日の前日です。事情説明書によると、年明け早々、実家から帰ると、口論になった。口論の末、暴力を振るわれ、鷹田さんのことが恐ろしくなって家出したそうです」

「ああ、それなら問題ありません」

やれやれとばかりに、微笑みながらため息をついた。

鷹田は安堵（あんど）したように、急に表情をゆるめた。

「実家に帰るのは三日だけと言っていたのに、妻は結局、十日も帰っていたんです。どうして約束を守れないのかと僕が問いつめたところ、妻が泣きだして、暴れたのです」

「暴れたというのは、具体的にどういうことをしたんですか？」

「妻は、地団太を踏みながら、両手をバタバタッと振って、『私の行動をいちいち監視しないでよッ』という感じで叫びまして、玄関のほうに駆けだそうとしたんです。僕は後ろから抱きしめました。羽交いじめなんてとんでもない。妻は生まれつき肩の靭帯が柔らかくて、脱臼癖があるんですよ。それで脱臼したのかなあ。そのときは分かりませんでしたが」

　鷹田は少し口をとがらせて、首をかしげた。

　さも不思議だといわんばかりの表情である。

「奥様は外に出ようとされていたわけですよね。どうして抱きしめたのですか？」

「話し合いをするために、妻を落ち着かせようと思ったんです。こういうのも何ですが、妻には逃げ癖があって、自分に都合が悪くなると、どこかに行ってしまうんです。そうやって逃げていても、問題は解決しないでしょう。抱きしめてあげると、そのうちに大人しくなるので」

「奥様の主観では、鷹田さんのことが恐ろしくて、逃げだそうとしたら、羽交いじめにされた、とのことですが」

「いやいやいや。妻が感情的なので、冷静になってもらいたくて」

　鷹田は微笑を浮かべながら、胸の前で手を振った。

　出雲は背筋が寒くなっていくのを感じた。鷹田は平然としている。自分の話の矛盾や行動のおかしさには全く無自覚のようだ。

「頬をぶたれたとありますが？」

「ぶってないですよ。両手で頬をぱしぱしっと、気合を入れる感じで、はたいただけです。話をしていたら、妻がウトウトしはじめたので、起こしてやろうと思ったんです」

さすがに紬の顔も強張（こわば）っている。じっと鷹田を見つめかえしながら、

「この日、何を話していたんですか？」

「何だったっけ……ああ、妻の実家依存について話していたんだ。何かあるとすぐに実家に帰るし。もう帰らないとか、帰るときは何日だけとか約束させているんですが、今回また約束を破って。なんで約束を破るのか、守れない約束ならするべきじゃないとか、そういう話をしました」

「なるほど……」

紬は苦い顔でうなずいた。

脇で聞いていた出雲は、何が「なるほど」だと、突っ込みを入れたくなった。下手に刺激して暴れられても困るから、紬は一旦同調しているのかもしれない。

鷹田には自覚がないようだが、いずれも立派な暴力だ。典型的なモラルハラスメントでもある。

「奥様を抱きしめたり、頬をはたいたりした。けれどもそれは、話し合いをするために、奥様を落ち着かせようと思ってとった行動だと。そういうわけですね？」

「そうです」

鷹田は大きくうなずいた。「先ほどから、そう説明しているはずですが」

「いえ、あくまで確認です。鷹田さんの意図とは異なるでしょうが、相手方は、そういった

鷹田さんの行動を捉えて、ＤＶと主張しているようです。物理的接触があったのは事実ですから、ＤＶの有無を争うのは難しいように思います」

「そんな」

鷹田は信じられないとでもいうように、目を見開いている。「妻だって、僕に暴力をふるうんですよ。僕がＤＶなら、妻だってＤＶです」

「いつ、どんな暴力をふるわれたか、整理できますか?」

「いや、細かい話なので、記憶はあいまいです。でも日々、妻が暴れるんです」

「怪我の様子や、診断書がないと、ＤＶの立証は難しいかと……」

「そうですか」

鷹田は「はあ」とため息をつき、「僕が折れてやるしか、ないのかなあ」とつぶやいた。

「こういうとき、損するのはいつも男ですよね」

という鷹田のつぶやきを聞き流し、紬先生は「注意点があります」と言った。

「相手方は、警察にＤＶについて相談していますし、裁判所にもＤＶについて配慮するよう求めています。これから調停の手続に入りますが、鷹田さん、くれぐれも、奥様やお子様に接触しないよう気をつけてください」

鷹田は面食らったように目をぱちくりさせ、「なんでですか?」と言った。

「親子なのに、息子にも会っちゃいけないんですか?」

「息子さんに会いにいくと、奥様とばったり顔を合わせる可能性がありますよね。それがＤＶ被害者へのつきまとい行為と捉えられる可能性があります」

「それで裁判所の印象が悪くなると?」

「DVそのものというより、約束を守れない危険な人物だという印象を与えることが、長期的に不利に働きますよ。だからくれぐれも、奥様やお子様への接触は厳禁です。いまは我慢のときです」

鷹田は再びため息をつき、頭を抱えた。

「どうしてこんなことになっちゃうんだろう」

今後の予定を確認すると、鷹田は事務所をあとにした。帰り際ぎりぎりまで「こんなの理不尽ですよ」とぼやいていた。紬はそれを、肯定するわけでも否定するわけでもなく、聞き流していた。

「あの人ヤバくないですか?」

鷹田の姿が見えなくなってから、聡美が言った。

「DVの自覚、全然ない。自分は被害者で、理不尽な目に遭っているくらいに思っていますよね」

出雲も聡美に同感だった。本人に悪気はないのかもしれないが、認知のゆがみが大きくて、話が通じない感じがある。すべての男がこうヤバいわけじゃないと言いたくなったが、それを今言っても仕方がないのでぐっと我慢する。

先日、子供の幼稚園の場所を尋ねられたとき、教えなくてよかったと改めて思った。もし教えていたら、幼稚園に押しかけて面倒ごとを引き起こしていた可能性がある。

「まー、ヤバいっちゃヤバいよね」

紬は苦笑した。「でも、ああいう人、多いよ。自覚しない、反省しないからこそ、DVを繰り返すわけだしさあ」

変わった依頼人にも慣れているからか、紬はケロッとしている。

脇で見ている出雲はいつも内心ヒヤヒヤしているのだが、鷹田が事務所で暴れるような最悪のケースでも、自分がそばにいれば阻止できる。そう考えて心配に蓋(ふた)をした。

「鷹田さん、どうなるんでしょう？　親権、とれますか？」

「ハハハ」紬は腹を抱えて笑った。「親権、とれるわけないじゃん。この状況で。もう絶望的だよ。面会交流だって月一回を何とか勝ちとれるかどうか。ハァ、どうしたって負け筋の案件だよ」

入ったばかりの聡美は、その口調の軽さに反発心を覚えたらしい。茶器を片付けながら言い募った。「そんな他人事でいいんですか」

「ハハハ、実際、他人事だし。いちいち親身になってたら、この仕事続かないよ」

紬は手をひらひらと動かしながら笑った。

「鷹田さんもヤバいやつだけど、奥さんの麻衣子さんも結構ヤバい人じゃん。どっちもどっちというか、ある意味お似合いの夫婦なんだよ。どっちが悪いかなんてね、ちょっと関わっただけの第三者には分からないし。でも、プロとしてできることはやっていくよ。親権とか面会交流ってのは、子供のための制度だから。息子の朔人君のためにも、父親との面会交流くらいは叶えてあげないとね」

うーんと伸びをして、

「あーあ、こんなに面倒なことになるのに、なんでみんな結婚するんだろう。私は絶対御免だなあ」

ともらす。

出雲の胸はちくりと痛んだ。むっと黙りこくって事務机に突っ伏した。

確かに鷹田は少し変わっているかもしれない。DVをしておきながら、その自覚が全くない。責められるべきことだし同情の余地はない。

だがそれでも気持ちを重ねてしまうところもあった。

誰しも無自覚に人を傷つけてしまうことはある。自分だって気をつけているつもりでも大事な人を傷つけてきた。それに傷つけられもした。その傷こそが人と関わった証なんじゃないかとも思う。まあ、それが思いのほか自分にとっては重傷だったわけだが。

十九歳の冬、紬と付きあいだした。

いわゆる「カップルっぽいこと」は一通りやったと思う。

イルミネーションを見て、観覧車に乗り、池のボートを漕ぎ、由比ガ浜で遊び、江ノ電から夕陽を見た。全然興味のない紫陽花を見に長谷寺を訪れ、あんみつを食べ、おみくじを引いたら「凶」が出て、紬は笑いころげた。

交わす会話は付きあう前と何一つ変わらなかった。

自分は急いでいたんだと思う。慌てて恋人らしいステップを踏まないと、するりと紬が逃げていくような気がした。その焦りがいけなかったのかもしれない。

手をつなごうとすると、すっと避けられた。人込みを歩くとき腰に手をそえたら、びくっとして身体をこわばらせているのが伝わってきた。嫌がっているのかもしれなかったが、慣れていなくて照れているのだと、あえて好意的に解釈した。

あの頃はまだ本当に若くて、自分の中のエネルギーが爆発寸前だったのだ。

二人で鎌倉花火大会を見にいった夜だった。帰り道に急に大雨が降りだした。雨宿りをしようにも人波にのまれていて身動きがとれない。互いにずぶ濡れになりながら、身を寄せるようにして人混みから逃れ、路地裏に入った。

軒先でひと息ついたところで、顔をあげると目の前に格安ビジネスホテルがあった。

何たる巡り合わせかと思った。神様がいけと言っているような気がした。

「休んでいかない？　風邪引くよ」

心臓をばくばくさせながら言った。

紬は固い表情のままうなずいた。緊張しているようだった。

ところがだ。

それぞれシャワーを浴びて、いざそういう雰囲気になったとき、紬は身を固くして「ごめん」と言った。

「やっぱり無理」

ともらすと、しくしく泣きだした。

こちらの高ぶりは一瞬で萎えてしまった。ガツンと頭を殴られた感じというか、心臓を一突きされた感じというか。

そのくらい「やっぱり無理」という言葉は強烈に響いた。

「出雲君となら大丈夫だと思ったの。それでもだめなんだから、やっぱり私はだめなんだと思う。本当にごめん。私たち、別れよう」

すぐには言葉が出なかった。

高まった期待がどん底に突き落とされて、急な事態に気が動転していた。どうして別れる話になるのか理解できなかった。今考えると、あのときもっと粘れば(ねば)よかったのかもしれない。だが当時の自分は混乱のまま「分かった」と答えたのだった。

ちょうど警察官として働きはじめた時期だった。忙しさを理由に紬とは顔を合わせなくなった。

寮を出て一人暮らしをはじめた。先輩たちにつれられて女の子がいる店にも行った。出会い目的の飲み会もあった。昔からモテないわけではなかった。寄ってくる女の子たちはいた。相手の女の子たちにも失礼な話だが、もういいやと思って、適当に遊んだ。

実家に帰ると、紬と顔をあわせることもあった。紬は何事もなかったかのように、いつも通りの態度で接してきた。こちらもそのほうが気楽だった。

紬は法科大学院に進み、二浪して弁護士になった。

その間、出雲は警察をやめて探偵業をはじめていた。

弁護士になった紬から、浮気調査の依頼がきたときには戸惑った。だがこれも仕事だと思ってこなしていくうちに、頼まれる案件数は増えていった。

一年ほど経ったとき、「出雲君、うちの事務所の専属の探偵になってくれないかな」と言われた。

どういう神経をしているのかと思った。

それと同時に、何年も前のことを引きずっている自分に気づいて驚く。あ然としたこちらの表情から察するものがあったのだろう。紬は言葉を足した。

「あのときはごめん。出雲君は何も悪くないよ。私、恋愛が苦手みたい。自分に欠陥があるような気がして、どうにかしようと思って、出雲君をまきこんじゃった。もうそういうことはしないから、仕事相手として付きあってほしい」

その言葉通り、紬には男っ気というものが全くなかった。紬の父、玄太郎も心配している様子で、出雲に探りを入れてきたくらいだ。

次第に、出雲も心の整理がついてきた。

推測だが、紬は男の人が苦手なのだ。

小さい頃から、気を引きたい男子たちから嫌がらせを受けていた。そのたびに紬は出雲の後ろに隠れ、本当に嫌そうな顔をしていた。上級生に告白され、それを断り続けたせいで女子たちに陰口を叩かれる。電車通学を始めれば痴漢にあう。事務所のウェブサイトに写真を載せたら、性的な嫌がらせの電話がかかってくる。

男にまつわる嫌な体験ばかりが蓄積(ちくせき)されている。

そんななかで男に恋愛感情を抱くのは難しいはずだ。

出雲は小さい頃から一緒にいた。男だけど怖くない存在なのだろう。男扱いされていないともいえる。

だがそれでも良かった。他の男にとられたわけじゃない。紬は誰のものにもならずそこにいる。そのうえで出雲に一定の信頼を寄せ、一緒に仕事をしようと言ってきている。

それでいいじゃないか。

自分にそう言い聞かせて、今でもそばにいる。

愚かなのかもしれない。さっさと縁を切って、自分の幸せを探したほうがいいと分かっている。それでも好きなものは仕方ない。

何度も禁煙しようとしたのに、いまだに高いたばこ税を払って、紙たばこを吸い続けている。そんな自分にお似合いの状況だった。

4

三月に入って、東衛寺の周りには山茱萸(さんしゅゆ)の黄色い花が一斉(いっせい)に咲いた。

亀丸食堂ではおでんが終わり、てまり寿司が登場した。たまたま行きあった聡美と連れだって入店すると、番犬マルが律儀にほえた。「五色てまり寿司セット　あんかけ茶わん蒸し付き」を食べて、事務所に戻る。

紬は家庭裁判所に出かけていた。午後一番に鷹田の調停期日が予定されている。

相手方がＤＶの被害を訴えているので、双方の当事者が顔をあわせることはない。控室のフロアも動線も分けて、それぞれ調停委員と面談する。

「そろそろ調停、終わりましたかね」

聡美がそわそわした様子で、壁にかかった時計を見あげた。午後三時をすぎている。そろそろ紬も戻ってくるはずだ。

「コーヒーでもいれておきましょうかね」

独り言のように言うと、聡美はカウンターの中に入っていった。

「あっ、昨日の夜、紬先生はきな粉アイスを作ってたよ」出雲はカウンターの中の聡美に話しかけた。「調停終わったら食べるんだーとか言って」

手の込んだ食べ物を作るのが楽しいらしい。昔から紬が作るものは美味かった。仕事が忙しくなった今、そのストレスのはけ口を探すように料理に熱を入れているように見えた。

「えー、きな粉アイスかあ。コーヒーよりお茶かなあ。コーヒーの気分なんですよねえ」

聡美がのんびりと言う。

この日も平和にすぎていくだろうと思っていた矢先、出雲のスマートフォンが鳴った。

「もしもし?」紬の声だ。「そっちに鷹田さん、来てない?」

切迫した口調から、ただ事ではないと分かった。扉から顔を出し、あたりを見渡す。

「事務所にはいないし、周辺にもいないみたいだけど。どうした?」

「裁判所から急にいなくなったのよ」

麻衣子と鷹田は交互に調停室に呼ばれる。順番は麻衣子が先だったらしい。子供のお迎えの時間があるから、麻衣子が先に帰りたいということだった。

麻衣子が最後の面談を終えた後、鷹田と紬が調停室に呼ばれた。ところが鷹田は「ちょっとトイレ行ってきます」と言って、控室から走って飛びだしていった。

数分待っても帰ってこない。男性職員に頼んでトイレを捜してもらったが、見当たらない。受付の女性に尋ねると、鷹田らしい人物は走って外に出ていったという。

出雲はハッとした。

「幼稚園だよ」口をついて言葉が出た。「朔人君の幼稚園。迎えに行く麻衣子さんの跡をつけて、幼稚園の場所を特定しようとしてるんだ」

電話口で紬が息をのむ音が聞こえた。すぐに気をとり直したようで、

「私は急ぎ、麻衣子さんの代理人に連絡する。出雲君は――」

「幼稚園に先回りする。小山田さんは事務所で留守番してもらうよ」

急いで電話を切り、聡美に短く事情を説明する。すぐにのみ込んだらしい聡美は、「ここは大丈夫です。お気をつけて」と出雲を送りだした。

北鎌倉駅まで走り、ちょうど流していたタクシーに乗って、幼稚園に向かう。家庭裁判所からだと電車を乗り継いで四十分はかかる。ここから車で有料道路を使えば三十分ほどだ。向こうが先に動きだしていることを考えると、どちらが先に着くかは微妙なところだった。

急く気持ちを抑えながら、幼稚園の前でおりた。「釣りはいらない」とお札を運転手に押しつけて駆けだす。

最近の幼稚園は外から中が見えにくくなっている。周辺をうろついてもらちが明かない。正面玄関から堂々と入ることにした。

「こんにちはー」

保育士が話しかけてくる。

微笑んで「こんにちは」と返しながら、いかにも我が子を探しているという感じで、園庭(えんてい)を見回す。

朔人は砂場で飛びはねていた。鷹田はまだやってきていないらしい。

「失礼ですが、どちら様のパパさんですか?」

独特の丁寧語で保育士が尋ねてくる。

「あそこにいる――」と朔人を指さそうとしたとき、後ろから「こんにちは」と声がした。

振りかえると麻衣子が立っていた。

「遅くなってしまってすみません。鷹田です。朔人は――」

そのとき、大きい黒い影が園庭に飛び込んできた。出雲はとっさに飛びだして、身を挟みこむ。正面に立ちふさがり、行く手をふさいだ。

スーツ姿の鷹田が立っていた。

「出雲さん、ここで何してるんですか?」

じっとにらみつけてくる。

「鷹田さんこそ、何してるんですか。接触禁止だと言われていたでしょう」

「父親なのに子供に会えないなんておかしい」

鷹田は唾(つば)をとばした。

鞄から書類をとりだし、近くの保育士につかみかからんばかりの勢いで示した。

「これ、戸籍謄本(こせきとうほん)と身分証明書です。僕は間違いなくあの子の父親です。連れて帰りますから」

保育士は困り果てた顔で「お父さん、ですか?」と訊きかえす。

その横で、麻衣子は痙攣しながら倒れ込んだ。保育士は慌ててそれを支え、「ちょっと、誰か」と助けを求める。騒ぎに気づいた他の職員も出てきた。

鷹田は周りの静止を振りきって、朔人に向かっていった。

「さくちゃん! お父さんだよ! さくちゃん!」と大声で叫んだ。

父親の訪問に気づいた朔人は、「おとうさん!」と言って駆けよった。ぴょんぴょん跳ねて大喜びの様子だ。鷹田の脚に抱きついた。

「あいたかったよお。どこいってたの?」

と言って、目に一杯の涙を浮かべている。

鷹田も人目をはばからず泣きだした。鞄から、プラレールの箱を取り出して「一緒にお父さんのお家に帰って、これで遊ぼう」と言う。

すると朔人は困ったように眉尻をさげ、「でもおかあさんが……」と言って、周囲を見回した。そしてようやく、具合が悪そうに倒れている母を見つけたらしい。

「お、おかあさん!」

飛びだしていこうとする朔人の前に鷹田が身体を出し、ずんずんと麻衣子に近づいた。

「お前、倒れたふりなんてして、朔人の気を引いて。どういうつもりなんだ。それでも母親かよ」すごい剣幕で怒鳴りつけた。

朔人が両手を耳にあて身を固くする。

「ふざけるな。仮病を使うなよ」

と叫んで、鷹田は半身を引いた。

蹴りが出る、と思った。

その瞬間、出雲は鷹田の脇腹に飛びかかり、タックルの要領で組み伏せた。腹にまたがり、両手首を押さえて頭の上で固定する。

「警察を呼んでください」

その言葉で、固まっていた周囲の職員が一斉に動きはじめた。男性の職員が一人出てきて、鷹田を押さえるのを手伝ってくれた。久しぶりに逮捕術を使ったせいで、あたりどころが悪かったらしい。肩がじんじんと痛んできた。

「なんだよ。男が全部悪いっていうのか」

鷹田がうめき声をあげながら言った。

「麻衣子はすぐ嘘をつく。それは調べてくれた出雲さんもよく分かってるだろう。麻衣子のことも、朔人のことも、俺がしっかり見てやらないと、しっちゃかめっちゃかになるんだ。だから――」

「もう、あきらめろよ」

手首を押さえる手に思わず力がこもった。

「あんたが彼女を好きなのは仕方ない。でも向こうは嫌がってるんだ。そしたらもう、こっちは身を引いて、見守るしかないだろ」

鷹田は抵抗するように、首をめちゃくちゃに振った。肩の痛みにたえながら、出雲は鷹田を押さえつけ続けた。

まもなく警察がやってきて鷹田を引き渡す。

気をとり戻した麻衣子も、朔人をつれて警察署に同行した。参考人として話をするようだ。

三十分後には警察署に紬がやってきた。麻衣子についている代理人と話していたらしい。珍しくため息をついて、ぐったり疲れている様子だ。

警察から厳重注意を受けた鷹田は、その場で「妻と子供に勝手に接触しない」という内容の誓約書にサインした。

紬は警察署から出て長電話をはじめた。相手方の代理人に顚末を説明し、再度謝っているようだ。今後の交渉は困難を極めるだろう。この先のことを考えるとドッと気が重くなったが、粘り強くやっていくしかない。

出雲は鷹田と並んで、警察署の待合席に腰かけていた。

「出雲さんなら僕の気持ち、分かってくれると思ったんですけどね」

鷹田が口をとがらせた。

ムッとしながら、「一緒にしないでくださいよ」と返す。

「俺にはまだプライドがありますよ」

「負け犬の美学ってやつですか」茶化すように鷹田が言った。

「何と言ってもらっても構いません。鷹田さんもつらいでしょうが、相手の幸せを願うなら、我慢しなきゃいけませんよ」

鷹田はぷいっとあらぬ方向を見て、

「そんな軟弱な態度だから、あの気が強い先生の尻にしかれるんですよ」

鷹田の言葉の意味がすぐには分からなかった。

気が強い先生？

「え、もしかして紬のことですか？」驚いてむせそうになった。

紬は頑固なところがあるが、気が強いという感じではない。むしろ肩の力が抜けたマイペースな人というほうが近い。

「そうやって、自分の思いどおりにならない女を『気が強い女』呼ばわりするのは、卑怯ですよ」

と言いながら、むしろ自分が軟弱呼ばわりされたことに反論すべきだったかと思いなおす。

そのとき、警察署の自動ドアが開き、六十代くらいの男女が入ってきた。

女性は真っ黄色のセーターを着ている。隣の男性も同じくらい鮮やかな緑色のマフラーを身につけていた。足どりも軽やかに受付の前をずんずん歩いていくと、廊下の向こうから朔人が走ってきた。

「おじいちゃん、おばあちゃん！」

嬉しそうに女性に抱きつく。

「みんなでどうしたのー？　今日はおでかけの日？」

朔人の明るい声が響き、受付にいる女性警官たちが頬をゆるめた。

「今日はおじいちゃんたちと、回る寿司を食べて帰ろうねえ」男性が実に優しい口調で言った。「新幹線にのってお寿司が運ばれてくるお店だよ」

朔人の表情が一段と華やいだ。「さくくん、それ、すき！」

「今日は中トロも食べていいよ。ウニでもいいよ」

「ううん、さくくん、卵のやつがすきー」

のびやかな声に、女性警官たちも含み笑いを交わしている。老夫妻はキッと鷹田のほうをにらんでから、朔人の手を引いて出ていった。同居している麻衣子の両親、朔人の祖父母だろう。

朔人を見守っているのは鷹田夫妻だけではないようだ。嬉しそうに祖父母を見上げる朔人の表情を思いだし、胸のつかえがとれたように、ホッと安心した。

「そういえば、麻衣子さん、依存症の治療を受けるみたいですよ」

出雲が言うと、鷹田は「ああ」と力なく返した。

「僕もそれは、さっき聞きました。あいつ、やっと治療する気になったんですね」

繰り返される万引きも、複数人との不倫も、依存症の可能性が高かった。日常のストレスが極限（きょくげん）に達して、そのはけ口として依存するようになったのだろう。暴力をふるい暴言をはく鷹田から離れ、両親の助けを借りながら暮らしていけば、今より状況を改善できるかもしれない。

帰り際になって、鷹田は「まあ僕も、多少反省しました」とこぼした。実際にどこまで響いたのかは分からない。

結局、一時間以上を警察署ですごし、鷹田を見送って、北鎌倉駅につく頃には日がかたむきはじめていた。

　歩きなれた事務所までの道を、紬と並んで歩く。癖でついつい車道側を陣取ってしまう。右側からさす西日がまぶしい。紬は出雲の影にすっぽり収まっていた。こいつはいつもこうやって、俺を日よけ、風よけにするのだ。けれども出雲から不満を口にしたことはない。こういうところが「軟弱」で「尻にしかれている」ということなのか。鷹田の言葉を思いだし、胸がきりきりと痛んだ。

「鷹田さんと二人で何の話をしてたの？」

　こちらを見あげて訊いてきた。

「別に。たいしたことじゃない」

　胸のうちでもう一度、別に、たいしたことじゃない、とつぶやく。

　どうしようもないこの関係も、自分の気持ちも、紬の幸せを思えば、たいしたことではない。相手の幸せを願って我慢しろと鷹田に言った自分の言葉がブーメランのように刺さった。

「ふうん、ならいいけど。今回は散々だったなあ。交渉も調停もめちゃくちゃだし、相手方の代理人には怒られまくったし。ああいう人、たまにいるんだよねえ」

「医者と違って、弁護士は依頼人を選べるだろ。ああいう面倒そうな男は断ればいいじゃないか」

　いらだちまじりに言う。危険に身をさらすようなことは避けたほうがいい。紬は鈍感だから気にしていないようだが、見ているこっちの心臓がもたない。

「えー、別に大丈夫じゃない？　今回だって出雲君が助けてくれたし。出雲君、優しいよね」

紬は邪気なく笑った。「ありがとうね」

その笑顔を見ると胸がしめつけられた。

「だからそういうところだよ」

「えっ？　何？」

「俺は別に、優しいわけじゃない」

足を速めて紬の前を歩く。西日を浴びて日焼けしちゃえばいいんだ。カーコートのポケットに手を突っこみ、首をすくめた。

だんだんあたりの日が落ちてきた。浮きあがるように道沿いの建物に明かりがともりはじめる。まっすぐ続く道の両脇に、提灯のようにぽつぽつと光が見える。明るいとはいえないが、少なくとも足元は見える。歩ける。

紬はたぶん、誰とも結婚しないだろう。誰かと付きあうこともなさそうだ。

でも俺はずっとそばにいる。それでいいじゃないか。自分に言いきかせるように心の中でそう唱えた。

亀丸食堂の入り口から細長い短冊（たんざく）のような光がさしていた。扉が半開きになっているらしい。前を通りかかると、扉のすきまから番犬マルが見えた。

目が合った途端、マルは律儀にほえはじめた。

「全く、やってらんないな」

小さくつぶやいて、ため息をついた。

「松ヶ岡男を見ると犬がほえ、か」

第三話　星月夜あきれるほど見て縁が切れ

1

春分の日をすぎた頃、鎌倉一帯では桜がわっと咲きはじめた。薄着でも風が心地よく、世界中に祝福されて浮きたつような雰囲気がある。

　この時期になると毎年、松岡玄太郎は落ちつかない気持ちになる。

　早朝五時すぎにはパッと目が覚めてしまう。

　六十五歳になったのを機に東衛寺の住職をひいて早五年、庫裡（くり）の自室でごろ寝を決め込んでもいい身分だが、気が立って落ちつかない。外に出たくてたまらない。しかし身体が追いつかない。ちょっと動くのがとにかく億劫（おっくう）なのだ。これが年をとるということなのかとも思う。

　還暦（かんれき）の祝いにもらったチェックのネルシャツに隠居記念にもらったカシミアカーディガンを羽織ってみてもしっくりこない。結局、何十年も着なれた作務衣（さむえ）に落ちつく。

　顔を洗いに行こうとふすまに手をあてるが、思いなおして座敷に座り込む。

　あんまり早くから起きだすと長男の悠太（ゆうた）の嫁、真紀（まき）が良い顔をしない。もちろん表立って不平を言うことはない。

　だが物音に気づいて寝間着（ねまき）のまま様子を見にきた真紀に、

「お父さん、早いですね」
と苦笑いをされる。こめかみにうっすらと青筋が立っているのを見逃しやしない。老人の早起きにイラッとしているのだろう。

現住職の悠太は六時に起きて法衣（ほうえ）に着替え、本堂で朝の勤行（ごんぎょう）をする。真紀はその前、五時半頃には起きだして、白衣と法衣の準備をしている。悠太を本堂に送りだすと朝食の準備をはじめる。

最近は毎月の観音縁日（えんにち）だけでなく、子供論語教室や挿し花体験、写経体験、月釜（つきがま）の開催などイベントが多い。そうした催しもので集客していかないと、檀家（だんか）さんとのつながりだけでは経営が立ち行かない。公式ウェブサイトの更新に加え、フェイスブックやインスタグラムへの投稿をしていると、就寝は深夜になるらしい。

それなのに早朝、暇なご隠居に起こされて、睡眠時間を削られるのは我慢ならないだろう。

最近の住職夫婦は、玄太郎が現役だった頃よりもずっと忙しそうだ。時間に追いたてられるように動き回っている。

以前はもっと、自然にどっぷり身を任せるような生活だった。

日の出とともに起きて勤行し、境内を掃き清めていると百度参りの檀家さんがやってきて挨拶を交わす。参拝客を出迎えながら、法要の準備をしたり、寄付札を書いたり、細々とした仕事を片付けていく。電話がなればすぐに出る。たわいもない世間話につきあう。檀家さんが亡くなったら葬式の準備をする。

わが身に飛びこんでくる縁を一つずつ大切に拾いあげていくと、いつのまにか日が暮れている。そしたら仕事は終わり。刺身と焼酎で一杯やって、熱い風呂に入って寝る。

それだけの生活だ。

日中、時計とにらめっこするようなことはなかった。

鎌倉の山々を背に春夏秋冬を感じ、のんびりとあるがままに暮らしていれば、何のストレスもない。生まれてこのかた七十年、得度（とくど）のための修行で外に出る以外、ほとんど鎌倉を離れたことがない。出たいとも思わなかった。

だが皆が皆、この生活に満足するわけではないらしい。

次男は「寺はもう嫌。絶対継がないから」と言って県外に就職した。末娘の紬はのほほんとしているが、寺の仕事には一切手を出さない。

住職を継いだ長男の悠太は我が子ながらジジ臭い男で、寺の暮らしを気に入っているようだ。けれども、その妻の真紀はどうか分からない。

真紀は東京生まれ東京育ち。誰もが知る大手の広告代理店で、どういう仕事か分からないが、とにかくバリバリ働いていたという。そんな活動的な女性が、旅行にも行けない、外出もままならない今の暮らしをどう思っているだろう。

七時になって、「お父さーん、ご飯ですよー」と声がかかって、やっと立ちあがる。

いかにも今起きたような緩慢な動きで居間に歩いていく。

食卓には白衣姿の悠太と、五歳になる双子の孫たちが並んでいる。どちらも男の子だ。端のほうに紬が座って、あくびをしながらコーヒーを飲んでいる。その横に玄太郎も腰かけ、真紀が注いでくれた煎茶をすする。

皆が朝食をとっている間も、真紀は慌ただしく立ち働いている。夫や子供たちを送りだして一段落ついてから、自分の朝食をとるのが習慣になっているようだ。

「ちょっと、真紀さん」

声をかけると、「はい？」と、けげんそうに振りむいた。

「手をとめて、こちらにいらっしゃい」

エプロンで手をふきながら、玄太郎の前に正座する。

玄太郎は壁掛けカレンダーの四月の欄を指さしながら言った。

「今年に入って、もう三月以上が経つわけだが、真紀さんは何日外出しましたかかな？」

「えっ？　外出ですか？」

真紀が目を丸くした。視線を泳がせて、

「子供たちの送り迎えは毎日しておりますが」

「いや、そうではなくて、真紀さんがお友達とお茶してきたり、美容室にいったり」

「そんなことはしてませんよ。年始からずっと忙しいですから」

取りつくろうように真紀は言った。私用の外出を責められていると思ったらしい。

脇で紬が口を尖らせた。

「お父さん、朝から小言はやめなよー」

「いや、小言を言いたいわけじゃない。ただ……」と言いながら、自分は一体何をしたかったんだっけ、と思う。

最近物忘れが激しくてよくない。言おうと思っていたことを言う直前で忘れる。何かをとりにきて何をとりにきたのか思いだせない。顔と生年月日は分かるというのに、そいつの孫の名前まで分かるというのに、そいつ自身の名前だけが思いだせない。日常茶飯事である。

「あっ、そうだ。そうそう。今週末、花見に行きませんか」

「花見、ですか?」真紀が顔を曇らせた。「境内の花もちょうど今週末あたりが見頃ですが」

「そうじゃない。うちの桜はもう見飽きただろう。長谷寺に行こう。あそこは鎌倉名物、紫陽花や和み地蔵、水子供養でも有名だが、桜もなかなか見事なもんだ。真紀さん、長谷寺で花見したことは?」

「ありませんが」

「よし、じゃあ、行こう。紬も行くよな。事務所のメンバーにも声をかけて」

「しかしお父さん、週末は参拝客も多いですから、寺をあけるわけには」

「最近、法務員も増やしたんだし、悠太もいるんだし、大丈夫だろう。なあ、悠太?」

ぼんやりと爪楊枝をくわえていた悠太が「ああ?」と顔をあげる。全くこの息子は気が利かない。「大丈夫だよ。行ってくれば?」

「よし、そうとなったら決まりだ」

両手をパンと叩く。

「それじゃ私、近くのうどん屋さんの座敷席、予約しておきますよ」

真紀がエプロンのポケットからスマートフォンを取りだし、メモ帳アプリに「うどん予約」と打ち込んで立ちあがる。そのまま家事に戻っていった。

「お父さんさあ」紬が渋い声を出す。「ただでさえ真紀さん、忙しいのに、なんでこう仕事を増やすことばっかりするのさ」

「別に仕事を増やすつもりはなくって、ただ……」言葉が続かない。

たまには息抜きしてほしいと思っただけだ。

ただそれだけのことなのに、いざ何かしようとすると、右手と右足が一緒に出てしまうようなちぐはぐな動きをしてしまう。

自分という存在がいるだけで周囲に気を遣わせる。どうしたらいいのか分からなかった。


松岡家からは、真紀と双子、紬と玄太郎が参加した。事務員の聡美は一歳になる息子を連れてきた。出雲も参加したがっていたが、当日になって張り込みの予定が入り、泣く泣く不参加となった。

連れ立って桜並木を散策したのち、真紀が予約してくれたうどん屋に入る。

休日に出かけることが少ない孫たちは大はしゃぎで、座敷席でじっとしていない。真紀は数分ごとに「座りなさい！」「静かに！」と唾(つば)をとばしていた。

「すみませんね、本当に落ち着きのない子たちで」

真紀が聡美を見て言った。

「いいえ、元気でまぶしいです」

聡美は腕に抱いた赤ん坊に小さいスプーンで離乳食を与えている。

「翔君、見てるよ」

紬が腕を伸ばして離乳食のスプーンごと翔を受けとる。

両手が自由になった聡美はやっとうどんに箸をつけた。騒がしい中でも、女三人は「花粉症がヤバい」とか「靴下は重ね履きしたほうがいい」とか、あれこれ話しては笑っている。真紀は普段は着ないような鮮やかな珊瑚（さんご）色のリネンシャツを着て、オレンジがかった口紅をひいている。表情は明るく、いきいきしていた。その姿を見て少しだけほっとした。

食事が終わると、長谷寺の南側から星の井通りに出て、極楽寺駅のほうへのんびり歩いた。木漏（こも）れ日がきらきらと降りそそぎ、道にまだら模様の影をつくっていた。

道沿いに古井戸があった。

「おお、これは鎌倉十井（じっせい）の一つ、星の井だな」

玄太郎は破顔（はがん）してのぞき込んだ。

蓋（ふた）がされているので井戸の中は見えない。

「この辺りは昔、山深く、木々がうっそうとしていたせいで、昼でも暗かったらしい。井戸をのぞくと星が輝いて見えたということから、星月の井とか、星月夜の井とか呼ばれている」

長話はよくないと分かっていても、どうしても言いたくなる。

「星月夜あきれるほど見て縁が切れ、ってな」

お得意の松ヶ岡川柳を披露（ひろう）するが周囲の反応はうすい。温情なのか冷やかしなのか、紬が「ふうん」と言うだけだ。

双子の孫の片割れは玄太郎の背中でぐっすり眠っていた。もう一人は井戸の近くでぴょんぴょんと飛びはねている。その動きが可笑しかったらしく、聡美の腕の中で赤ん坊が「あー！」と機嫌のよい声を出した。

誰も聞いていないと分かっていても、言いたくてたまらない。

ええいままよと続ける。

「『星月夜』というのは鎌倉の枕詞だ。昔の御寺法では、縁切寺に駆け込んで足かけ三年をすごさないと離縁できなかった。離縁の日を夢見て、毎晩空を見あげていたわけだなあ」

「三年くらいならまだいいほうでしょ」

紬があくびをしながら言った。

「数十年分の恨みつらみを抱えて熟年離婚する夫婦も多いからね」

全くこの娘は冷めたことを言う。いつからこんなふうにひねくれてしまったのか。だが玄太郎のウンチクを一応聞いていて、嫌味でも何でもいいから反応をくれるところだけは、わが娘ながら優しいと感じる。

「あら、玄太郎さんじゃないですか？」

横から声がかかって振りむくと、質素な感じの女性が立っていた。

年齢は玄太郎より一回り下、六十前後に見える。鼻の横のほくろが特徴的で、どこかで見覚えのある顔だった。

「えーっと……」

名前を思い出そうとして言葉につまった。

沈黙を引きとるように、女性は「山岸花枝ですよ」と名乗った。

「あっ、隣町の」

「そうそう。連絡会で以前、ご一緒させていただきましたよね」

「ああ、懐かしい。これはしばらくでしたな。あれはもう……」

「三十年くらい前かしら」

自分で言っておいて、あらやだという感じで花枝は手を口元にあてた。

そうだった。若き日の玄太郎が町内会長をしていたとき、隣町との連絡会で、これまた若き日の花枝と会ったのだ。

「住職さんとはあれきりでしたけど、奥様にはよくしていただきましたのよ。それもう、二十年くらい前までの話ですけど。最近はすっかりご無沙汰しておりました」

「ああ、妻ですか」

気まずくなって玄太郎はあごをかいた。

「実はね、十数年前に妻とは離婚しましてね。妻は鎌倉を出ていきましたから、それで縁遠くなっていたのでしょう」

離婚の話はなるべく自分から持ちだすようにしている。噂が先に回って、陰で後ろ指をさされるのは我慢ならない。

だが何年経っても慣れないもので、離婚のことを口にするたびに、鼻の奥がつんと痛む。何歳になっても癒えない傷はあるのだ。しかしながら、感傷にひたるジジイを慰めてくれる者など地球のどこを探してもいない。すがるべき仏縁があってよかったとしみじみ思う。

「へえ、離婚されたのですか」

興味津々という目を向けてくる。たいていの人が気まずそうに視線を外すなか、この反応は珍しい。

花枝は歩きやすそうなグレーのパンツに、首のつまった黒いニットを着ていた。明るい春の日の中で一人だけ黒く沈んで見える。

「花枝さんはどうしてここに？」

玄太郎が訊くと、花枝は一瞬、バツが悪そうな顔をした。黒目がちな目をきょときょと動かしている。

「この先にある『するがや』の塩大福を買いに来たんですよ。義理の姉があれじゃなくちゃダメだって、うるさいもんでねえ」

とりつくろうように早口で言った。これ以上は踏み込んでくれるなという一線が二人の間にピンと張られたようだった。

孫が早く帰りたいとぐずりはじめた。

「それでは、また」と頭をさげて立ち去ろうとしたら、花枝が「あのっ」と声を張りあげた。

「今度改めて、相談に乗っていただけませんか。実は私もね、離婚を考えておりまして」

玄太郎は脇に立つ紬に目配せをして、

「それならうちの娘がお役に立てるかもしれません。これでも弁護士になりましてね、離婚を専門にやってるんですよ」

鼻の穴がふくらむのを自分でも感じる。甘ったれたしょうもない末娘だが、弁護士として一本立ちしているのは立派なものだ。このことは誰にでも話して回りたくなる。

花枝は紬を見て、「あら、お嬢さんが？」と顔をほころばせた。

紬が小さいハンドバッグから名刺入れをとりだして、中から一枚、花枝にさしだす。

花枝はそれをよく見もせずに、

「あらー、まっ、昔から可愛かったけど、本当に綺麗なお姉さんになって」

紬をまじまじと見て、

「ご結婚は？　お子さんは？」

と質問を浴びせかけた。

「特に予定はありませんが」

固い調子で紬が答える。適当に受け流せばいいものを、こういうとき毎度むすっとするのが幼いと感じてしまう。その場の空気を和（やわ）らげるために、

「仕事ばかりしているせいで、ご縁がないようで。いい男がおりましたら、紹介してやってください」

と付け足すと、紬は眉尻をあげて、キッとこちらをにらんだ。

親に向かってそんなに怖い顔しなくてもいいじゃないか。こっちは心配しているだけだ。親なら娘の縁づきに気をもむのは当然だろう。

そりゃ今どき、職業婦人だとかキャリアウーマンだとかいう言葉すら古い。女の人も当たり前に働いている。お一人さまが増えているってのも知っている。そもそもうちは縁切寺をやっているくらいで、女性が一人で生きていくことに理解はあるほうだと思う。

けれどもそれは一般論であって、やはり自分の娘となると話は違う。今は親戚も元気だか

らいいが、上の世代がみんな墓に入って、紬がおばあちゃんになったときに、パートナーもいない、子供もいない、孫もいない、そんな状況で寂しい思いをしていたら不憫じゃないか。若いうちはそんな先のことを想像もしないだろう。すでに老境にさしかかった自分だからこそ、若い娘に教えてやらねばならない。これは親としての義務だ。

　そう思うとうずうずして、

「お前ももうちょっと、身の振りかたを考えないと。もう三十をすぎて。江戸時代なら大年増と呼ばれる年頃だよ」

　と言わなきゃいいことを口にしてしまう。

　案の定、紬はムーッと不快そうに眉をひそめて、

「今は江戸時代じゃありません」

　と返してくる。

　花枝が気まずそうに笑みをうかべて一礼し、その場を去っていった。

　ほらこうやって、周りの人にも気を遣わせてしまうじゃないか。叱りつけてやりたいのだが、喉に痰がひっかかって、すぐには声が出てこない。咳き込んでいると、背中で寝ていた孫が起きて「おじいちゃん、大丈夫？」と声をかけてくる。

　孫は宝である。

　頑固娘が孫の顔を見せてくれる日が果たしてくるのか。あまりにも道のりが遠い気がして、目がかすんだ。

2

花枝から電話がかかってきたのは、翌週の火曜日のことだった。玄太郎は携帯電話をもっていない。庫裡にある固定電話が鳴り、真紀が取り次いでくれた。

「お嬢さん、弁護士さんでしたよね。一度ご相談にあがってもいいでしょうか」

「もちろん、使ってやってください」

「もしよかったら、玄太郎さんも同席してくださいな」

知り合いがいるほうが安心だということらしい。もとより境内の掃除以外の予定はないからすぐに承諾した。紬に電話をして空き時間を尋ね、三日後の午後に花枝に来てもらうことになった。

約束の日、風味のいいかりんとうを用意して事務所で待っていると、約束の十分前に花枝はやってきた。

この日もグレーのパンツと黒いニットを着ている。ナイロン製の古びたトートバッグを抱えて、背を丸めてソファに腰かけた。

煎茶を出すと「ああ。人がいれてくれたお茶って、おいしいわね」ともらした。

「ご相談というのは？」

リーガルパッドと呼ばれる黄色いメモ用紙を片手に紬が訊いた。

花枝は大きく息を吸うと、ふうっと吐いた。

「先日も口走りましたが、改めて。主人と離婚したいんです」

いざ知人の離婚話に直面すると、気まずいものだ。玄太郎は何気なく目をそらす。とっつきには花枝が脱いだ靴が揃えて並べてある。餃子みたいにくしゅくしゅっとした黒革の靴で、側面は擦(す)り切れてはげていた。働き者の靴だ。

「二十三歳で結婚して、今年で三十五年になります。夫の宏(ひろし)は私の六つ上なので、今六十四歳」

「六十四歳ですか」

紬が前のめりになった。

玄太郎は紬の反応を不思議に思いながらも、花枝の話の続きを待った。

「本当はずっと前から離婚したかったんです。だけど、子供たちが就職するまではと思って我慢していました。ところが、下の子が就職した途端、同居の義父が脳梗塞(のうこうそく)で倒れたんです。一命は取りとめたものの、右半身に麻痺が残り、介護が必要になりました。十年ほど前のことです」

花枝は離婚を切りだすタイミングを逸してしまったという。

今離婚を申し出たら、「義父の介護から逃げた嫁」という烙印(らくいん)を押されてしまう。

義母は難しい人で、結婚当初から散々いびられたという。花枝は何を言われても「はい」と応えて義母に従い、親戚からの信頼を着実に得ていった。

今では義母よりも花枝の味方をする者が多いという。二十年以上にわたる嫁姑間の権力争いで、やっと嫁側が優勢になってきた。義父の介護を前に離婚しては、これまで付きあいのあった親戚から白い目で見られてしまう。

「独身の友人からは、『離婚しちゃえば親戚だって赤の他人なんだから、どう見られたっていいじゃない』なんて言われたのですけど。それはちょっと違うんですよ。これまでの人間関係の大きいところを親戚が占めているんですから、その人たちから嫌われるってのは、やはり居心地が悪いんです」

玄太郎はしみじみとうなずいた。

花枝の言うことはよく分かった。逃げだしたい状況で踏みとどまった花枝は実に立派だと、手をとって褒めちぎりたくなった。だがしゃしゃり出ると紬に怒られるから、気持ちを抑えて大人しく座っているしかない。

「でもそれだけじゃなくて、多分、私も意地になっていたんです。嫁として優等生を貫いてきたのに、最後の最後で後ろ指を指されるようなことをすると、それまでの二十数年も無駄になってしまうような気がして」

「ですが、最終的には離婚を決意されたと？」

紬が訊くと、花枝はうなずいた。

「義父は一昨年、他界しました。肩の荷が下りたので、やっと離婚できると思いまして。といっても重い腰がなかなか上がらず、今になってしまいました。先日、玄太郎さんたちにお会いしたとき、ピンときました。離婚するなら今だと」

前のめりになる花枝を、意外な気持ちで見つめた。義父が亡くなってから二年間も決意できなかった花枝が、先日のことで変わるものだろうか。慎重そうに見える花枝の、思い切りのいい面を見せつけられた気がした。

「失礼ですが、資産はどのくらいありますか？」紬が質問を続ける。

「結婚してから長いこと専業主婦でしたが、この二年ほどは駅前のベーカリーでパートをしています。そのパート代から貯めたへそくりが百三十万円ほどあります」

「不動産や証券などは？」

「ありません」

「離婚後に頼れる身内はいますか？」

花枝は首を横に振った。

「子供たちにはそれぞれに家庭がありますから、世話になるわけにはいきません。私にはきょうだいがいませんし、両親も他界しています。生家のほうで付きあいのある親戚もいませんし」

「ご主人、宏さんのほうの資産は？」

「預金が八百万円ほどあるだけです。今住んでいる家の土地や建物はすべて義母の名義なので。六十五歳で定年となる会社なので、まだ毎月の給与はありますが」

「なるほど……」

紬は難しい顔をしている。

沈黙が流れる。玄太郎はなんとなく身の置き所がなくなって、カウンターの奥へ引っ込んだ。新しい煎茶を用意して、戻ってくる。

「山岸さん、離婚するのをあと一年ほど待ちませんか？」

「えっ？」

花枝は目を丸くした。片頬がぴくりと動く。

「あと一年、ですか？」

「そうです。宏さんは六十四歳とのことでしたよね。あと一年待って、退職金が出たあとに、財産分与をしたほうがいいですよ」

「確かに……夫は中堅企業に長く勤めていましたから、二千万円くらいは退職金が出ると思います」

「退職前の離婚ですと、退職金が財産分与の対象にならないことがあります。あと一年、退職まで待ったほうが手堅いです。財産分与の相場は二分の一ですから、もらえる額に一千万円ほどの違いが出ます」

花枝はむっとした表情を浮かべ、押し黙った。

「あと一年、ですか……」

考え込みながら、独り言のようにもらす。

これまで三十五年我慢してきた。やっと離婚できると思ったところからの、あと一年だ。精神的にはつらいものがあるだろう。

紬が畳みかけるように口を開いた。

「中高年の離婚で一番困るのは、離婚後の住居探しなんです。長く専業主婦をされていて、離婚後の収入が不安定な方ですと、賃貸住宅はなかなか見つからないんですよ。まとまった資産があれば、住居を購入することができるので、問題ないのですが」

宏の預金を財産分与で半分もらい、花枝のへそくりと足しても五百三十万円だ。住居を購入するには心もとない。

だがこれに退職金の一千万円が加われば、ぐっと可能性は広がる。

一年待つのは辛いだろうが、今後の生活のためなら苦渋の決断をせざるをえない。

花枝さんよ、これまで十分我慢してきた。だけどそんな頑張り屋の花枝さんなら、あと一年くらい待てるだろう。

心の中でエールを送り、一年後の花枝の晴れやかな姿を想像していると、

「ダメです。今すぐ離婚します」

花枝はきっぱりとした口調で言った。

玄太郎は驚いて、花枝の顔をまじまじと見た。

その目には、妙に強いものが宿っていた。口を一文字に結び、自分に言い聞かせるように、繰り返しうなずいている。

「ですが、退職金がないと住居が」

「少し割高でもまずはマンスリーマンションを借りて、しっかり働いてお金をためます。同時並行で、粘り強く物件を探す。大変だし、不安もありますが、私はそろそろ自分の人生を歩みたいんです。三十五年も我慢したのですから、もうあと一年も、待ちたくない。今のタイミングを逃すと、ずっと離婚できない気がします」

胸騒ぎがした。

急いては事を仕損じる。仏さまは見ていてくれるものだ。最終的には道が開けることを信

じて、ゆったりと進めていったほうがいい。

「花枝さん、早まっちゃだめですよ」

玄太郎はとっさにくちばしを挟んだ。「昔の寺法のように足かけ三年待てというわけではありません。たった一年、季節が一回りするのをじっと待てばよいのですよ」

だが花枝は頑として、「四月中の離婚は絶対です」と言う。

玄太郎は首をかしげた。

一年待てば一千万円手に入るのに、どうして離婚を急ぐのか分からなかった。しかもすでに三十五年も耐えている。あと一年くらい我慢できそうなものだ。

「お金さえあれば、離婚後の住居に困りませんよね?」

花枝が紬の顔をじっと見て言った。

「夫には隠し財産があるかもしれません。私、探してみます。義父は生前、夫に現金を渡していました。毎月数十万円くらいずつです。義父の家は、それなりに名の通った名家でしたので、資産があったようです。相続税逃れのための小細工だったのでしょうけど、あのお金は結局どこに行ったんだろうと疑問に思っていたんです。どこかに隠してあるかもしれません」

確かに隠し財産が見つかれば、それも財産分与の対象になる。そうすると、花枝が受けとれる金額もあがる。隠し財産に目星がついているからこそ、お金のために一年も待ちたくないのかもしれない。

「隠し場所に心当たりがあるのですか?」玄太郎が訊いた。

「いえ、特に。ただ、毎月お金を隠しに行く必要があるので、夫の生活圏内にあると思います。家の近くか、職場周辺か……」

「まず怪しいのは銀行預金ですかね」紬が口を挟んだ。「税金逃れのために銀行に預けていない場合もあります。宏さんの生活圏内にあるレンタルスペースや貸金庫を探してみるといいかもしれません」

「そうします。お金はどうにかしますから、なるべく早く離婚したいんです」

花枝は背筋をぴんと伸ばして、帰っていった。

その背中を見送って、玄太郎はため息をついた。

「花枝さん、何をあんなに焦ってるんだろう」

先ほどの口ぶりだと、隠し財産の存在や場所を確信しているわけでもなさそうだ。ただ早く離婚したい一心のように見えた。

「依頼人がどうしても今すぐ離婚というなら、弁護士としてはとめられないしなあ」

紬は冷めた煎茶をすすった。

「お母さんが出ていったときも、あんな勢いだったよねえ。いまだにお母さん、あのときの話をするよ」

軽い調子で言うから、飲んでいた煎茶を吹きだしそうになった。心臓に悪い。急に驚かせないでほしい。ごほごほと咳き込んでから尋ねる。

「お前は最近もあいつと、連絡をとってるのか?」

「うん、メールしてるよー。このあいだも一緒に買い物行ってきたし」

けろりとした顔で言う。
「へ、へえー」何気ないふうを装ってうなずく。
元妻の時希子（ときこ）が出ていったのは、紬が十四歳のときだ。
おしゃれして外出するのが好きな、華やかな女だった。横浜の山の手で育ったお嬢様で、夏の休暇に鎌倉を訪れているときに出会った。ストライプの入ったコットンワンピースを着て、むぎわら帽子をかぶっていた。あのときのシルエットは未だにまぶたの裏に焼き付いている。

若い頃の玄太郎は、都会的でハツラツとした時希子に夢中になった。必死に口説いて交際を開始し、なんとか結婚までこぎつけた。

寺に嫁ぐと苦労も多い。年がら年中、境内を掃除して回らなくてはならない。年中無休で寺に常駐し、電話番をしたり、参拝客の相手をしたり。檀家さんが亡くなれば葬式が入るから先の予定が読めない。しかも義理の両親との同居が前提となることが多く、自分の時間をとりづらい。

玄太郎が結婚した頃は先代夫婦が健在だった。母は厳しい人で、時希子の箸のあげさげに至るまで目を光らせていた。外出するときは毎度、用件と帰宅時間を告げて、許可をもらわなくてはならない。「留守番が嫁の仕事」というのが母の口癖だった。母自身も嫁入りした際に姑に口を酸（す）っぱくしてそう言われていたらしい。

母は何も、嫁をいびりたかったわけではない。せっかく訪ねてきてくれたり、電話をしてくれたりした人に対応できないようでは、万人に開かれているはずの仏様の教えを授かった身として無責任だ、と本気で考えていたようだ。

玄太郎は月参りで檀家の家を回ったりしていたので、日頃から外出はしていた。だからだろうか、ずっと家にいることになった時希子の苦悩を今一つ、親身になって理解しようとしなかった。悔やんでも悔やみきれない。

ある年の夏、京都から民俗学の先生がフィールドワークにやってきた。三十代半ばくらいの、感じのいい男だった。寺にとめてやり、身の回りの世話を時希子が焼いた。以来、毎年春と夏に男はやってきた。

男が鎌倉に来るようになって十年目のことだったと思う。男が「お世話になりました。申し訳ありません」と三つ指をついて頭を下げるから、何事かと思っていると、翌朝、男と一緒に時希子も消えていた。

当時の自分としては大事件だったが、今振りかえってみると、よくある陳腐な色恋沙汰(いろこいざた)にも思われる。

子供たちはどう思っただろう。長男は両親の関係にあまり関心がないようだった。次男は母の行動に反発心を覚え、いらだっているのが伝わってきた。

そして紬は、「母さんが出ていった」と伝えたとき、にっこりと笑ったのだ。

ほっとしたように頬をゆるめて、

「そっか。よかったねえ」

ともらした。

娘の底知れなさに背筋が寒くなったのを覚えている。

仲の良い母娘だったから、以前から色恋の話を秘密裡(ひみつり)に聞いていたのかもしれない。念願の駆け落ちを成就させた母を祝福しているかのようだった。

だが当時の紬はまだ十四歳だ。多感な時期に両親が離婚したせいで、それが心の傷になっていやしないか。どうせ離婚するのだから結婚なんてするもんじゃない。そう考えるようになったのかもしれない。それで未だに、男っ気がないのだ。

自分たち親の不手際のせいで、子供の将来に暗い影を落としてしまったと思うと、胸をかきむしりたくなる。その負い目があるからこそ、どうにか縁づいて幸せになってほしいと、より強く思ってしまうのかもしれない。

「母さん、元気そうだったか？」

乾いた声で訊く。紬はうんうんとうなずいて、

「金魚をね、飼いはじめたって。ほら」

とスマートフォンの画面をかざす。朱(あか)と白がいりまじった鯉のような柄の金魚が二匹、水槽を泳いでいる。

「へえ」

元妻が飼っているという金魚の画像にどういう感慨を抱けばいいのか分からない。

「ひらひらしてるな」毒にも薬にもならない言葉を付けたした。

3

「おうい、ちょっと休憩」

出雲の背中に声をかけて、公園のベンチに腰かけた。

四月中旬だというのに日ざしが強く、蒸し暑い日だった。汗がだらだらと垂れてくる。作務衣のポケットから手ぬぐいを取りだして顔をぬぐう。

「すみません」

出雲が引き返してくる。寡黙(かもく)な働き者なのだが、歩くのが早くていけない。

息を整えていると、出雲は立ち上がり、近くの自動販売機で冷えたお茶を買ってきてくれた。喉に流しこむと、やっと身体が落ち着いてきた。

「花枝さんのご主人の隠し財産、見つかりませんね」出雲が首をかきながら言う。

探偵として調査業務を引き受けたわけではない。

花枝の隠し財産探しを玄太郎が個人的に手伝っていたら、見るに見かねた出雲も助力してくれるようになった。完全なただ働きだ。

自宅付近のレンタルスペースは花枝があたっている。玄太郎たちは、宏の職場付近のレンタルスペースをしらみつぶしに探していた。花枝名義の委任状(いにんじょう)をもらっているので、山岸花枝の代理人としてレンタルスペースに荷物がないかと訊ねて回っているのだ。

電話で確認をとれれば一番だが、実際に委任状を指し示して話さないと、「個人情報ですから」と相手にされないことが多い。結局、足で一軒一軒回るしかなかった。

「弁護士会照会はだめだったみたいですね」

出雲がつぶやいた。

「ああ、紬がやっていたやつか」

紬は事務所で、金融機関が書かれたリストとにらめっこしていた。

めぼしい金融機関に、弁護士会照会をかけてみたらしい。宏の預金口座について情報開示してもらえないかと依頼したが、どこも非開示だった。最近は個人情報保護が厳しいから、弁護士会照会も空振りが多いという。

「案外現金でどこかに隠してる気がしますけどね」出雲が低い声で言った。「税務署から指摘が入りそうなものだし」

そもそも、隠し財産なんて本当にあるのだろうか。花枝の妄想かもしれない。早く離婚したいがために、希望的観測で隠し財産があると信じているだけなのではないか。だとしたら探しても見つからないはずだ。

「ところで玄太郎さんはどうして花枝さんを手伝ってるんですか？」

「どうしてだろうなあ」腕を組む。「罪滅ぼしかなあ」

出雲が仔細（しさい）ありげにこちらを見た。

老人の心中を想像して、憐れんでいるのだ。

全く、この男はこういうところがいけない。こっちはお前がおむつをしているときから知っているんだぞ。初参りの法要だって玄太郎があげた。ちょっとばかし紬と仲がいいからって大きな顔しやがって。だいたい、出雲が紬を憎からず思っていることは知っている。というか、親戚全員、寺族（じぞく）全員が知っている。公然の秘密だ。三十年もそばにいるくせに、この男が何も動かないから、話がはじまらない。怒りがふつふつとわいてきた。

勝手に想像を広げられる前に、説明しておこうと思った。

「ほら、うちの母さんが出ていっただろ。自分なりに後悔というか、反省があるわけよ。で、花枝さんを見ていると、他人事ではないというか、そういう感じがあるわけだ」

「へえ」さして意外でもなさそうに出雲がうなずく。

離婚の相談を寺に持ち込む者は少なくない。縁切寺だから当然だ。その度に、玄太郎は親身になって話を聞いていた。だが住職と参拝客という関係ではできることは限られている。ただひたすら傾聴し、相談者の心を軽くしてやることくらいしかできない。

今回のように、知人からの相談であれば動けることも増えてくる。それで威勢よく助力を買ってでてしまったのかもしれない。

花枝は一年も待てないと強弁した。そのわりに離婚したい理由は判然としない。もしかして、新しい恋人がいるのだろうか。それで早く離婚したいのか。

満開の桜の下で男と腕を組んで歩く花枝の姿を思い浮かべて、すぐに否定する。

花枝と元妻の時希子は全然タイプが違うように思える。時希子は思いつきで動くところがあったが、花枝は周到な準備をしてじっくり進めていくタイプだ。連絡会の際も、集まる公民館の暖房の効きが悪いと聞いて、自宅からブランケットと湯たんぽをいくつかずつ持ってきてくれたんだった。三十年前のことが昨日見た映画のように思いだされる。

そんなことを考えながら、出雲と連れ立って北鎌倉に戻った。

庫裡の敷居をまたいだ瞬間、真紀の声が響いてきた。

「お父さん、ちょうどよかった。お客様ですよ」

廊下を進むと、真紀がやってきて耳打ちした。

「帰りの時間は読めないから、また今度にでもと何度もお伝えしたんですけど。お客様は待つの一点張りで、もう四十分も待たれているんですよ」

玄太郎に客がくるのも珍しい。一体何の用だといぶかしみながら、居間に顔を出す。

六十代半ばか七十手前くらいの見知らぬ女性が座っていた。鮮やかな紫色のカーディガンが白髪によく似合っている。

「あのー、わたくし、山岸と申しますが」

言葉を返す前に、畳みかけてきた。

「こちら、松岡さんのお宅ですよね？」

「はあ、私が松岡ですが。何か御用ですかな」

警戒しながら女性の斜め前に腰かける。女性は鼻白むような表情を浮かべて「用というほどのこともないですけどねえ」と言いながら、首を伸ばして左右に動かし、部屋じゅうをじろじろと見る。

すでに煎茶を飲んでいるようだが、真紀に煎茶の差し替えと追加の茶菓子を頼む。

「あら、『するがや』さんじゃないの」

出てきた塩大福に頬をゆるめ、遠慮なくほおばりはじめた。

おいしそうに塩大福を食べ終わり、煎茶をすすってから、

「私の弟、宏というのですが、その嫁の花枝という者が、こちらに相談にあがったかと思うんですよ」

そうか、この女は花枝の小姑かと合点した。「するがや」の塩大福が好きで、花枝に買いにいかせていたのだ。この、嫌らしい感じの女に、はからずも好物を出してしまった。痛恨の極みである。

小姑はうかがうようにこちらを見ている。

玄太郎は否定も肯定もせず、話の続きを待った。

「花枝さん、数日前から行方不明でしてね。行き先をご存じでないかしら？」

やはり、そうきたかと思った。表情に出さないよう気をつけながら、「こちらでお話しできることは何もありません」と答える。

「花枝さん、どうして出ていったんでしょう。他に男でもできたのかしらね」

小姑がいじわるな笑みを浮かべた。

玄太郎はあえて何も答えない。

だが、胸の内には一瞬、不安な気持ちが広がった。花枝が本当に男と駆け落ちしてしまい、行方不明になっているのではないかと思ったのだ。

「どうもね、ベーカリーのパートには出ているみたいなの。バックヤードから出てこないから、話しかけられなかったけど」

と小姑が言うのを聞いて、胸をなでおろした。

パート先に出ているなら、行方不明と言って騒ぐのもおかしい。だが小姑は、花枝への不満が先立って、仔細は気にならないようだ。

「パート先の人から聞いたんだけど、花枝さん、今度正社員になるんですって。私たちに隠れてこそこそ、準備していたのね」

　小姑は一方的に話し続けた。

「花枝さんは何が望みなのかしら？　条件とか、言ってなかったですか？　松岡さんたちのほうから、家に戻ってくるよう、説得してもらえませんか」

「そのようなご用件でしたら、こちらでお役に立てることはありませんので、お引き取り願えないでしょうか」

　玄太郎はなるべく穏やかな口調で言った。

　同じような押し問答が十分以上続いた。やっと観念したようで、

「全く、お寺さんなのに、全然相談にのってくれないのね」

と捨て台詞を残して去っていった。苦笑するしかない。

　その夜、帰ってきた紬に、花枝の小姑が探りを入れてきたことを話した。

　するとさっと顔色を変えて、

「お父さん、そういう質問に絶対答えちゃだめだからね」

と釘を刺してきた。

「そんなこと言われなくても分かってるって」

「ほんと？」口をとがらせて念押しまでしてくる始末だ。「花枝さん、話し合いに先立って一人暮らしを始めたの。お父さんにもよろしくって連絡があった。だけど、家族には居場所を教えないでほしいって」

　紬によると、離婚事件で家を出た人を捜しだして暴行を加えるような不埒（ふらち）な輩（やから）もいるらし

い。

昔から、東衛寺に駆け込んだ妻を追ってくる男がいた。だがその男がどんな身分の何者だろうと、寺の敷居をまたがせはしない。鉄壁の守りがあるからこその縁切寺なのだ。

元住職である自分が、逃げてきた女性を売るはずがない。

「絶対だよ」紬はもう一度念押しして、自分の部屋に戻っていく。

その背中には、白っぽい猫の毛がぱらぱらとついている。紺色のセーターだから目立つ。事務所で飼っている猫のトメ吉とハネ太のものだろう。猫ばかりを愛で、ちっとも外出しない内気な娘だ。

先ほどの紬の、子供に注意するような物言いが頭をかすめる。親に対してあんな言いかたしなくてもいいじゃないか。

信用されていないのかと不快になる。しかし紬も依頼人を守るために必死なのだろう。あんなに小さかった娘が、いつのまにか一人前の大人の顔をして指図してくる。誇らしくもあり、どこかこそばゆい感じもした。

花枝とばったり会ったのは翌週の月曜日のことだった。

「するがや」に塩大福を買いに行って、長谷寺の前を通ったとき、境内から出てきた花枝と出くわしたのである。

「あっ」と二人同時に言った。

花枝の顔を見てびっくりした。目が真っ赤になっている。花粉症の可能性もなくはない。

なくはないが、これはきっと泣きはらした目だろう。そうに違いない、と思って、

「どうかしましたか?」

と訊ね、花枝が答える前に「あそこの、喫茶店に入りましょう。ねっ。お時間、大丈夫ですか」と続ける。

花枝は気まずそうに「ありがとうございます」と笑った。

向かいあってそれぞれにホットコーヒーに口をつける。

小姑が訪ねてきたことを話すと、花枝は恐縮しきった様子で頭をさげた。

「本当にすみません。隠し財産探しも手伝ってもらっているのに、さらにご迷惑をおかけして。今日も重ねてご心配をおかけしてしまいましたね」

先週、花枝は宏に離婚届を突きつけたという。宏は驚いた様子だったが、花枝を問いつめるでもなく、離婚を承諾したという。

「自分の間違いと向き合えない人だから。私から離婚を望む理由を聞きたくなかったんだろうし、離婚をとめるために私に追いすがることもできないのよ。プライドが高いから」

花枝はそう分析していた。これだけ冷静に状況を把握できるなら、あと一年待つくらい訳もないはずだと傍からは見えた。

「立ち入ったことを訊くようですが、そもそも、旦那さんとはどうして離婚したいのでしたっけ?」

「今更と思われるかもしれませんが」

花枝は目を伏せた。「私、流産してるんです。もう三十年以上前のことですが。当時の夫

は大酒飲みでした。毎日ベロンベロンになって帰ってきて、私を殴ったり蹴（け）ったり」

「もしかして、妊娠されてからも？」

「そう。夫に蹴られて、そのあと流産しました。夫の暴力が直接の原因かどうかは分からないけど、ずっと私は恨んでるんですよ。夫はそれ以来、酒を控えるようになりましたけどね」

　花枝はため息をついた。

「何度も夫を許そうと思ったけど、やはりだめでした。何年たっても忘れられない。むしろ恨みつらみはどんどん大きくなってね。近頃は夢に赤ん坊が出てくるんですよ。なんで産んでくれなかったの、なんで殺したのって、すごく低い声で私に繰り返し言ってくる。悪夢ですよ」

　想像するとぞっとした。何度も同じ夢を見るくらい、深層心理に深くくいこんでいる思いなのだろう。

「なるほど、それで長谷寺に」

　と相づちをうつ。長谷寺は水子供養で有名である。

「昔、あそこで水子供養してもらったから。今でも定期的に手を合わせに行ってるんです。夫はそんなこと、知りもしないでしょうけど」

　花枝は再びため息をもらした。淡々とした表情の中にも落胆（らくたん）がにじんでいる。

　流産により宏と花枝の間に溝ができた。三十年以上の年月を経て、その溝が埋まるどころかどんどん深まり、ついには修復不可能なほどになっている。

「家を出て初めての参拝だったから、思うところがあって、ちょっと涙ぐんでしまっただけで。悲しくて泣いていたわけではないんですよ」

言い訳するように言って笑った。

「どっちかっていうと、達成感みたいな」

疲れがにじんでいるものの、目元口元は明るい。縁切寺に駆け込んでくる女性たちはたいていみんな、こういう表情をしている。そんなに男と縁を切りたかったのかと、切られる側の男からすると複雑な気持ちにもなるのだが。

「花枝さんはよく耐えましたよ。うちなんて、未成年の子供もいたのに離婚してしまいましたよ」

自虐っぽく口にすると、花枝は頬をゆるめて、

「人それぞれのタイミングがありますから。そのタイミングを越えて我慢すると、誰も幸せにはなりませんよ。現にお嬢さんも立派に弁護士さんになられたんだし」

と励ましてくれる。

言わせたようで悪いと思いながらも、やはり娘のことを褒められると嬉しい。

「旦那さんとの話し合い、今週末でしたっけ。上手くいくといいですね。隠し財産はとうとう見つけられず、申し訳なかったのですが」

「とんでもない。心強かったですよ。もしご迷惑でなかったら、今度の話し合い、玄太郎さんも同席なさってくださいよ。こっちの味方が多いほうが、圧を加えられていいんだから」

花枝はいたずらっぽく笑った。

紬は年の離れた末っ子だった。しかも男、男と続いて初めての女の子だ。女優のように美しかった時希子によく似て、親のひいき目をさし引いても可愛い娘だった。

それで甘やかしすぎたのがよくなかったのかもしれない。

よく言えばマイペース、悪く言えば頑固な女になった。

休みの日は一日中家でごろごろしている。友人らしい友人もいないようだ。昔からインドア派だったが、最近は仕事以外、ほとんど引きこもりといってもいい。

小さい頃から台所に立っていたせいか、今でも料理はよくする。平日は仕事が忙しく腕をふるえないぶん、土日になると旬の食材で茶わん蒸しを作ったり、タルトを焼いたりしている。だがそれを食べさせる相手といえば、親である玄太郎くらいなのだ。

時希子とはこまめに連絡をとっているようだ。時希子は関西のほうに住んでいるらしい。どこに住んでいるのか、あの男とどうなったのかなど、訊きたいことは山ほどあったが何一つ訊かないでいる。それは意地でもあり、見栄（みえ）でもあった。

時希子が出ていった当時、玄太郎はほうぼうの伝手（つて）をたどって、その居場所を探そうとした。だが一カ月ほどしたところで、ふと虚（むな）しくなって、もうやめることにした。そのかわり、時希子が帰ってきても絶対に家には入れてやらないと決意を固めた。

玄太郎は思ったのだ。浮気相手が子供三人よりも大事なのか、と。

そんなやつは母親とは認めたくない。怒りが腹の底からわきあがり、エネルギーに変わった。母親がいなくても子供は立派に育ててみせると決意した。

といっても、上の兄二人はもう大学に入っていた。十四歳の紬だけが懸念だった。

だからこそ、その紬が弁護士になったときの喜びはひとしおだった。

心のどこかで、時希子を見返してやったという思いがあったのだ。お前が捨てた子供は俺が立派に育てた。どうだ、悔しいか、と。時希子を恨む理由が欲しかったのかもしれない。子供の存在はうってつけだった。

不都合な事実から目を逸らしたかったのだ。よそからきた男に男性的な魅力で負けたこと。寺の仕事や姑との関係に悩む時希子に手をさし伸べなかったこと。

お嬢様育ちの時希子がジャージを着て、除草剤を撒いたり、落ち葉集めをしたり、寺の仕事に奔走(ほんそう)していた。四角い部屋を丸く掃くような女で、決して掃除が得意ではなかった。だが彼女は文句ひとつ言わずにやっていた。檀家さんや参拝客の応対をするときも笑顔を絶やさなかった。姑から指示を受けるときも嫌な顔ひとつせずに「はい、はい」と従っていた。だからすべて順調だと思っていたのだ。

檀家さんから菓子や果物をもらったときは、いの一番に時希子に渡した。

「休憩のときに食べなよ」

とだけ言った。自分なりに労(ねぎら)いと感謝の気持ちを込めているつもりだった。だが今になって考えてみると、「ありがとう」と口にしたことはなかった。

時希子が出ていったのは四月だった。

境内の桜が満開で、まばゆいほどの朝日をあびていた。門出にうってつけの、何もかもが許されるような美しい春の日だった。

だから毎年、春は落ちつかない。境内の桜は見たくないのである。

4

四月下旬の暖かい朝、鎌倉駅前の貸会議室に山岸家の人々が集まった。

こちらは花枝と紬、玄太郎がいる。

向こうは宏とその小姑、弁護士の三人だ。

小姑は淡い水色のカーディガンを上品に着ている。宏は小姑と比べてずっと影が薄かった。

四角い顔に四角い眼鏡をかけて、あさってのほうをぼうっと見ていた。

紬が一礼すると、宏は「おひゃようございます」と、呂律（ろれつ）の回らない口ぶりで言った。朝から酔っ払っているのではないかと邪推してしまう。花枝の話によると、酒を控えるようになったらしいが、本当だろうか。花枝が出ていったことで酒量が増したのかもしれない。

宏は頭を下げた拍子によろめいて、ボディバッグを取り落とした。ボディバッグから転がりでた車のキーに、紫陽花と地蔵を模したお守りがついている。ちょっと意外な感じがした。信心深いタイプなのだろうか。

宏の横には、紺色のスーツを着た男性弁護士がいた。

玄太郎はペットボトルのお茶と、Ａ４サイズの書類を一枚ずつ配った。

「本日はお集まりいただき、ありがとうございます」

紬が口を開いた。

「今お配りした紙に、私どもの提案条件が記載してあります。財産分与は五割、年金分割についても五割です。退職金は支払われた額の半分をお支払いください。慰謝料を三百万円要求します。その代わり、これまでの婚姻費用の請求はいたしません」

「年金分割ってなんですか？」

小姑が弁護士に訊いた。

弁護士はずり下がった眼鏡をくっとあげて答えた。

「宏さんは基礎年金に加えて厚生年金に加入しているでしょう。でも花枝さんは被扶養者ですから、加入しているのは基礎年金だけです。二人の支給額に差が出てしまうので、婚姻期間に応じて宏さんの厚生年金を花枝さんに分けてやるのですよ」

分けてやるという言い方が、神経に障った。

宏と花枝の二人で協力して稼ぎ、保険料を納付したのだから、花枝も当然受け取れるはずの年金だ。だが一部の例外を除いて、当事者間で合意するか、裁判手続をして按分割合を決めないと、年金分割を行えないのだという。

年金分割の請求期限は離婚翌日から二年以内だ。自動的に分割されるわけではないので、手続きを忘れていると将来もらえる年金額が低くなってしまう。

「手続きをしたら、宏の年金が減っちゃうわけでしょう？」

小姑が不満げに口をとがらせた。

「生活費も一人分になりますから、お困りにはならないと思いますよ」

紬が営業用の笑顔を浮かべながら、ぴしゃりと言った。娘よ、よくぞ言った。拍手してやりたくなったがぐっとこらえる。

「未確定の退職金にまで手を出そうというのは、ちょっと図々しいのではないですか?」

向こうの弁護士が言った。

「そうでしょうか」紬は首をかしげた。「宏さんは正社員で、会社の経営も安定している。勤め先の倒産の可能性は限りなく低い。勤続四十二年、定年まであと一年です。この一年で懲戒解雇などにならないかぎり、退職金は出るはず。退職金には給与の後払いとしての性質がありますから、花枝さんにも受け取る権利がありますよ」

「受け取る権利があるとしても、勤続年数を婚姻年数で按分するべきでしょう」

「それなら、退職金の半分のうち、四十二分の三十五の割合で按分していただいて結構ですよ。少なくとも結婚していた三十五年分は花枝さんにも権利があります」

代理人同士で、専門的な言葉が飛び交った。途中から玄太郎は内容についていけなくなった。

しばらく問答してから、玄太郎ら三人は隣の部屋に移った。今話した内容について、それぞれの当事者で検討するためだ。

「今って、どういう状況なんでしょうか?」

花枝が困惑ぎみに訊いた。

「事前にお伝えしたかと思いますが、まずはハイボールを投げています。上限いっぱいの額を要求している状況です。どうせ譲歩(じょうほ)することになりますから、最初はこのくらいでいいんです」

「夫の姉も、ちょっと怒ってたわよねえ？」

花枝が同意を求めるように、玄太郎を見た。

玄太郎もあいまいにうなずく。「でも、そもそもどうして小姑が同席してるんですか。宏さん自身の話なのに、宏さんは一言も発しないですよね」

「そういう人なのよ」

花枝が呆れたように笑った。

「慰謝料というのは？」玄太郎が訊いた。こちらが出した条件に三百万円の慰謝料が含まれているのが気になっていた。

「流産の件の慰謝料です」花枝の声は落ち着いていた。「流産は三十年以上前の話ですから、今さら慰謝料なんて言っても無理なのは分かっています。でも先生と相談して、条件に入れてもらったんです」

紬がうなずいた。

「無理筋ですが、無駄ではないですよ。とりあえず慰謝料を要求しておいて、あとで引っ込めることで他の条件に色をつけてもらえる可能性もありますし。宏さんに多少でも罪悪感があったら、交渉に有利に働くかもしれません」

宏は流産について罪悪感を抱いていたのだろうか。

目の焦点が定まらず、呂律も回っていない先ほどの様子を思い出す。自分もそうだったように、妻に出ていかれた被害者のような気分でいるのではないか。同居中に感謝の言葉をかけることもなく――。

　あれ、と思った。

　頭の片隅に何かがひっかかっている。何か大事なことを忘れているような気がした。

　宏の車のキーについていたお守りは、紫陽花と地蔵を模したものだった。

　あれは――。

「そうだ」

　玄太郎は思わず大声をあげた。

「花枝さん、長谷寺周辺の貸金庫は探しましたか？　宏さんも長谷寺に通っていたかもしれませんよ。そのついでに、近くの貸金庫に現金を預けていたのでは」

　花枝は首を横に振った。

　とんでもないというような表情を浮かべている。

「夫がそんなことをするとは思えません」

「いや、ありえますよ」

　ありえるというか、一度気づくと、そうに違いないと思えた。

「宏さんが車のキーにお守りをつけているでしょう。紫陽花と地蔵がついたやつ」

　花枝はけげんそうな顔でうなずいた。

「あれは長谷寺で売っている花網守（はなあみまもり）。家内安全のお守りです」

「あの人が長谷寺に行って、購入したものだっていうんですか？」

「きっと宏さんなりに流産に負い目があって、長谷寺に通い、水子供養と家内安全の祈念をしているんですよ」

花枝は目を見開いたまま、固い表情をしている。

「何かつけてるなとは思っていましたけど。でもあの人がそんな、ありえないですよ。流産したあとも、謝罪どころか、労(いたわ)りの言葉一つなかったんです」

玄太郎には宏の気持ちが痛いほど分かった。

あのお守りをつけることで、自分の気持ちは妻に十分伝わっていると思っているのだ。口で謝るだけなら誰でもできる。長谷寺に通うという行動で示そうと考えたのだろう。

菓子や果物をさしだすばかりだった自分と重ねてしまう。

どれだけ長く連れ添っても口にしなきゃ伝わらない。それを分かっていないのだ。

「可能性がある以上、調べてみよう」紬が腕時計を見ながら立ちあがった。「ただ、もう話し合い再開の時間になる。こっちは私が時間を稼ぐから。お父さん、山岸さんと一緒に、急いで長谷寺周辺の貸金庫をあたってみて」

「えっ、でも、花枝さんが話し合いに戻ってこなかったら、相手方も不審に思うんじゃないか？」

自分で言いだしたことながら、いざ行動に移すとなると気が引ける。

「山岸さんはお腹が痛いから、うちの父が付き添っているとでも言っておくよ。それよりも、このタイミングを逃すほうが惜しい。山岸さんは、今月中の離婚がマストでしたよね？」

「はい」

花枝が威勢よく答えた。

「絶対今月中です。お願いします」

紬はスマートフォンを取りだして、長谷寺周辺の貸金庫とレンタルスペースを検索した。数カ所出てきた。

その場所を花枝に見せる。花枝は自分のスマートフォンでそれぞれに電話をした。三カ所目でヒットした。

「はい、山岸宏の妻です。はい、どれをどこに入れたか分からないと主人が申すもので……預け荷物を確認させていただきたく……はい、身分証明書を持ってですね……分かりました」

電話を切り、花枝がパッと明るい顔をあげた。

「あったわよ！　中を取り出すには本人が行く必要があるみたいだけど、中身の確認だけなら、配偶者でもいいって。私、ちょっと行ってくる」

玄太郎も立ち上がった。

花枝に付き添って貸会議室を出て、表通りでタクシーをとめた。長谷寺までスムーズに行けば十分ほどだ。

急く気持ちを抑えながら、窓の外を見る。並行して走る江ノ電の緑色の車体が見えた。ガタンガタンという呑気な走行音とともに、遠くから踏切の音が響いている。長谷寺が近づいてくると、住宅地の切れ間からチラリと海が見えた。

貸金庫は雑居ビルの五階にあった。

受付で、花枝は免許証をさしだし、玄太郎については「兄です」と紹介した。職員は特に不審がるふしもない。引き出し式の棚がたくさん並んでいる部屋に案内された。

三十センチ四方ほどの金庫を開けて、息をのんだ。札束が、ざっと二十数束も置かれていた。一束百万円とすると、二千万円から三千万円だ。

花枝と玄太郎は目配せをした。職員の手前、言葉は交わさなかったが、互いに心の中でガッツポーズをしているのが伝わってきた。

雑居ビルを出てすぐに、紬にメールを入れる。紬からは「でかした！」とだけ返信があった。

すぐに鎌倉駅前の貸会議室に戻る。

花枝は呼吸を整えて、腹をさすりながら部屋に入った。玄太郎はそれに付き添うようなポーズをとる。

「お腹もう、大丈夫ですか？」と小声で訊くと、花枝は「大丈夫……」と弱々しく答えた。

防戦一方の様子で話し合いは進んだ。

小姑がやいのやいのと言い、向こうの弁護士がそれをなだめながらも、紬に伝えてくる。宏は依然としてほとんど話さない。右側にやや傾いた姿勢のまま、ぼうっとしている。

紬は額に汗を浮かべながら、重々しく言った。

「財産分与は五割、年金分割も五割。退職金は三割でいいです。慰謝料請求も放棄します」

申し訳なさそうに、花枝のほうを振り返る。

花枝はむすっとした顔でうなずいた。

「不満は残りますが……仕方ないです」

紬は、宏に向きなおり、「もうこれ以上は譲歩できませんよ」と言った。

花枝も紬も名演技だった。

宏の預金は八百万円、退職金を二千万円とすると、それぞれ五割、三割ずつ受け取っても、合計一千万円だ。住居を購入するには心もとない。この条件でのむというのは、花枝としては苦渋の決断だろう——と向こうは思っているはずだ。

だが、こちらは二千万円超の隠し財産を把握している。その半額を加算すると、合計二千万円超を手にすることができる。

裁判になれば、相続税逃れが露見する可能性もある。宏たちは穏便(おんびん)に済ませるため、素直に現金を引き渡すはずだ。

退職金の分配割合や慰謝料の点で譲歩したとしても、お釣りのくる成果である。

「仕方ありませんねえ」

弁護士は頭をかきながら、宏を見た。

「いいですか？」

一拍間があって、宏は無気力に答えた。

「はい、それでいいです」

小姑は不満げだったが、それ以上は何も言わなかった。

事務所に戻ってきて、玄太郎たち三人は麦茶で祝杯をあげた。

昨日買ってあった花見だんごを出すと、花枝は喜んでかぶりついた。口いっぱいにだんごを頬張りながらしみじみと言った。

「おいしいわねえ」

目尻に涙がにじんでいた。

四月末に、花枝は離婚届を提出した。

先日の話し合いの内容は、公正証書に残してある。そのうえで、紬が隠し財産の存在を口にすると、向こうの弁護士はあからさまにうろたえた。

結局、隠し財産について口外しないことを条件に、一千万円分が花枝のものとなった。一定程度までの離婚時財産分与には課税されないため、税務署からの指摘も入らないだろうと思われた。

預金の五割である四百万円と合わせて、千四百万円が花枝の門出の軍資金だ。さらに一年後には、宏の退職金から六百万円が入る。

退職金の支払いを待って、郊外の中古アパートを購入する計画だという。


宏が脳梗塞で倒れたのは、五月の連休が終わった頃のことだった。

そこで玄太郎はやっと、花枝の底意をつかんだ気がした。おそるおそる花枝に電話をかけ、お茶をする約束をとりつけた。

鎌倉駅前の喫茶店に現れた花枝は、黒いパンツにきれいなレモンイエローのブラウスを着ていた。以前と比べると、ずいぶん印象が明るくなった。髪も少し切ったようで、毛先にパーマがかかっている。

「今日はお休みなんですか?」

「ええ、そうなの。役所で色々と手続きをする必要があって、お休みをもらったの」

年金事務所に年金分割の書類を提出してきたという。

「あれもこれもと、手続きが多くって目が回りそう」

と言いつつも、花枝はどこか嬉しそうである。肌には張りがあり、内側から光が出ているような自然な輝きがあった。

おそるおそる切り出す。

「宏さん、脳梗塞で倒れられたんですよね？」

親しくしている檀家さんから噂は聞いていた。宏は夜通しの治療で一命は取りとめたものの、右半身に麻痺が残ったという。

花枝はかすかに嬉しそうに笑って「そうよ」と言った。

「まだ入院中だけど、今後少しずつリハビリするみたい。親戚から戻ってくるように言われたけど、絶対戻らないわよ。介護要員にされるだけだもん」

状況を面白がるような話しぶりだ。玄太郎の中で、疑念が確信に変わりつつあった。

胸に冷たいものを突きつけられたような気分に陥った。

あと一年待てば退職金が入り、より多くの財産分与が得られる。それなのに、花枝は離婚を急いだ。

「花枝さん、宏さんが倒れそうだって、分かってらっしゃったんじゃないですか？」

今訊き逃すと、今後確認する機会はないように思えた。

「四月下旬の話し合いの場で、宏さんは呂律が回っていませんでした。全体的にぼうっとしていたし、身体は右方向にかたむいていた。うっかり、お酒が入っているのだろうと勘違いしていたのですが、あれは、脳梗塞の前兆症状だったのでしょう」

花枝を不快な気持ちにさせないか内心ひやひやしていたが、当の花枝はいたずらっぽい笑みを浮かべながら、玄太郎の言葉の続きを待っている。

「宏さんのお父様も脳梗塞でしたよね。花枝さんは一人で介護をしていた。介護が必要になる前から、何かと世話を焼いてらっしゃったでしょう。そのときに目にした前兆症状が、宏さんにも現れていることに気づいていた」

玄太郎は深呼吸をして、再び口を開いた。

「花枝さん、あなたは宏さんが倒れる前に離婚したかったのではないですか」

介護が必要になってからでは、離婚できなくなる。せっかく義父の介護から解放されたというのに、これからの人生の大部分を今度は宏の介護にあてることになってしまう。

何が何でも、急いで離婚する必要があった。

花枝の顔をじっと見る。宙で視線がかちあった。

観念したように、花枝はパーマのかかった髪をかきあげ、ため息をついた。

「当然、分かっていましたよ」

実にさっぱりとした口調だった。

「明らかに顔色が悪いし、たまに呂律が回っていないし。親戚たちはあまり周りを気にしないタイプだから、全然気づいていないようだったけど。これでも元夫には、病院に行くようにしつこく勧めたのよ。本人が嫌がって、どうしても行かないと言うからどうしようもなかったけど」

花枝はウェイターからコーヒーを受け取ると、玄太郎を上目遣い（うわめづかい）で見た。

「私のこと、ひどい嫁だと思いました？」

「いいえ。とんでもない」とっさに否定する。

「いいのよ。恨みつらみがあるといっても、長年連れ添った人を見捨てるわけだから、ひどいのかもしれない。でもあの人の介護で私の人生が終わっちゃうのは絶対嫌だと思った。だからあの人が倒れる前に離婚する必要があった。それにね、これは私の思いやりでもあるの」

コーヒーに口をつけ、花枝は静かに言った。

「呂律の回っていないあの人を見て、私、カーッと頭が熱くなったの。昔、私に暴力をふるったときの泥酔したあの人の話し方にそっくりだったから。赤ん坊の夢を見るようになったのは、それからよ。赤ん坊がおぎゃあおぎゃあと泣いているの。私を責めるように泣いているる。それにかぶさるように、低い声で繰り返し、なんで産んでくれなかったの、なんで殺したのって聞こえる。そして朝起きると、呂律の回っていないあの人がいる。ああ、こいつがあのときお腹の子を殺したんだと思ったら、ぞっとするほど残忍な気持ちになってね。このまま夫と一緒にいたら、いつか夫を殺してしまうと思った。だから離れたのよ」

「宏さんは、家族に隠れて長谷寺に参拝していたんですよね。自らの暴行でお腹の子を殺してしまったかもしれないと、ずっと自責の念に駆られていたんじゃないですか？」

だから許せというのももちろん虫がよすぎる。けれども宏が不憫な気もしたのだ。

「でも私、彼に謝られていませんよ。一言も」

花枝はふっと微笑んだ。

その目には冷たくて固いものが潜んでいた。長年連れ添った者への同情なのか、憎悪なのか、それとも——。

うっそうとした森の中で、星が映るほど暗い古井戸をのぞきこむイメージが浮かんだ。花枝は離婚を夢見て、何度星空を見あげただろうか。

玄太郎は考えるのをやめ、自分のコーヒーに口をつけた。ほろ苦い味が口いっぱいに広がった。


五月下旬、玄太郎は長男家族とともに、箱根温泉に出かけた。奇跡的に法要や月参りの入っていない日が二日続いたのだ。寺の留守番は紬に任せてある。

「双子たちの面倒は見ておくから」

と言って、真紀をホテルのマッサージに送りだす。「いいんですか?」と恐縮しきりの真紀に「いいから、これでゆっくりしてきなさい」と一万円札を握らせる。

一時間半後、真紀はにこにこしながら帰ってきた。

「身体がすうっと楽になりましたよ。お父さん、ありがとうございます」

今だ、今、言うんだ。玄太郎、と自分に呼びかける。

照れくさい、むずむずした気持ちを必死に抑え、

「あの、あー、真紀さん」

「はい？　お茶ですか？」

「いや、違うんだ。あのお……いつも、ありがとうな」

言った、言ったぞ、と心の中でガッツポーズをする。ここまで言ってしまえば、あとは何のことはない。

「小さい子供もいて、三食ご飯をつくり、寺の仕事もして、そのうえでこんな老いぼれの世話までしてくれて、いつもありがたいと思っている。外で働いていたときみたいな自由はないし、不満もいろいろあるだろうが、もし困ったことがあったら、言ってくれ。できることは何でもしようと思っているから」

真紀はきつねにつままれたような顔をしていた。

「ほら、悠太。お前もありがとうと言いなさい」

玄太郎は布団の上に横になってスマートフォンをいじっている悠太に声をかける。

「えっ？　なんだよ急に」

面倒そうに顔だけこちらに向ける。

「お前がちゃんと真紀さんを労わないと――」

「ふふっ」真紀が口元を押さえて笑った。「ありがとうございます。でも私は大丈夫ですよ。これでも毎日楽しくやってるんです」

会社にいたときは一日十何時間もオフィスに張りついてプライベートがなかった。今はずっと家にいられるぶん、仕事のあいまに家事ができるし、家族ですごす時間を長くとれて満足なのだという。

「それに、悠太さんはいつも、ありがとうとごめんなさいを言ってくれてますよ」

真紀がそう言うと、悠太は照れくさそうに顔をそむけた。

背中を向けた状態で、

「子供は親を見て育つからね。親と同じ道をたどらないように、こっちも色々考えてんだよ」

全く可愛げのないやつである。

寺に残してきた末娘のむすっとした顔が脳裏に浮かんだ。あいつも親の背中を見た結果、頑なに独身を貫くようになってしまったのか。

そうだとしたら——。

「出雲君に謝らないといけないな」

独り言がもれた。温泉まんじゅうを買って帰ってやろうと思った。

第四話　松ヶ岡寝そびれた夜のぐち競べ

1

朝からずっと雨だった。

六月に入ってからじめじめした天気が続いている。蔵造りの事務所の中は、初夏とは思えないほど冷えていた。

松岡紬は、昼食のトマトカレーを頬張った。酸味がきいていて美味しい。

インド食材専門店に通いつめ、片言の英語でインド人店主と交渉を重ね、各種スパイスを仕入れている。ついでにレシピも教わったおかげで、ますます本格的な味に近づいていた。

しめしめ、カレーにして正解だった。一人ほくそ笑む。ぐずついた天気を跳ねとばすような、パンチの効いたものを食べたくて、昨晩から仕込んであったのだ。

あと三日は食べるぞ、と頬をゆるめていると、事務所の扉が開いて、事務員の聡美が戻ってきた。

「もー、聞いてくださいよ。最悪」

珍しく仏頂面で、いらだった様子だ。

普段のお昼は二人であれこれと食べ物を持ちよって卓を囲むことが多い。だが今日の聡美は「ちょっと所用があって」と外に出ていた。

右手にはマカロンのイラストが描かれた袋、左手には花束を持っている。ちょうど花嫁が結婚式で持つくらいの大きさのミニブーケだ。白いシャクヤクの花のあいだから、オレンジ色の提灯（ちょうちん）のようなかたちをしたサンダーソニアの花弁がのぞいている。

薄暗い事務所内で、花束のまわりだけポッと明かりが灯ったように華やいだ。

「どうしたの、それ？」

と尋ねると、よくぞ聞いてくれましたとばかりに紬の前に座り、「亮介ですよ」と低い声で言った。

「亮介って、あー、あの元旦那さんの？」

聡美の元夫の名前が亮介だったはずだ。半年ほど前に離婚した。

紬が聡美の弁護をしたのである。少しずつ思いだしてきた。亮介は、いかにもモラハラをしそうな感じのエリート男だった。

「そう、私の元夫です。今朝、突然電話があって、会って話がしたいっていうんです」

離婚後、月に一度の面会交流のときだけ顔をあわせていたという。面会交流のための連絡と、養育費の振り込みに礼を言う以外では、連絡をとっていなかった。

それなのに突然呼びだされて、聡美はさぞ当惑したことだろう。

「別にこっちは会いたくなかったんですよ。でも、向こうが機嫌をそこねて、養育費が払われなくなったら困るでしょう。だから無下（むげ）にできなくて」

東衛寺の境内（けいだい）に『カフェ・染井（そめい）』という昔ながらの喫茶店がある。そこで三十分だけという約束だったという。

「で、用件は何だったの？」

「それが……」

聡美は深いため息をついた。「お誕生日おめでとうって、花束とお菓子を渡されました。今日、誕生日だったよね、って」

「えっ、今日誕生日なの？　おめでとう」

タイミングを合わせたように、ハネ太がやってきて「ぬなー」と鳴いた。

カレーに手を伸ばそうとするハネ太をかかえとめながら、聡美が続ける。

「意味が分からなすぎて、不気味でした。何が目的なのかそれとなく訊いたのですが、『別に目的とかないよ』って言っているし」

「もしかして、復縁、狙ってるんじゃないの？」

嫌な予感がした。

妻に出ていかれてはじめて、そのありがたさ、もとい便利さに気がつく男は結構いる。特に聡美は本当に働き者だ。家のことも万事怠りなく整えていただろう。急に惜しくなったのではないか。意地悪な想像が広がった。

「そんな分かりやすい理由ならまだいいんですけど。亮介が本当に、無邪気に、私の誕生日を祝っていたらと考えると、ぞっとします。もう別れたけれど、僕たちは新しいステージの関係性に入った。子供を育てるためのパートナーとしては今後も引き続き、協力していこう……みたいな」

そんな綺麗ごとで片付けられたら、聡美も腹立たしいだろう。どろどろとした言葉にならない感情を抱えながら、それでも自分と子供のために我慢を重ねている。養育費だけ払って、はい親の責任は果たしましたと大きな顔をされたら、怒りたくもなるはずだ。

「このマカロン、よかったら先生が食べてください」

聡美が申し訳なさそうに言った。「食べ物に罪はないけど、どうしても口をつける気になれなくて」

「えっ、いいの？　それじゃ、ありがたく」

マカロンの袋に手を突っこむと、駅前で使えるコーヒーチケットが一緒に出てきた。

「これも亮介さんが？」

「いまさらこんな気を利かせたって、意味ないんですけどね」

冷たく言う聡美を見て苦笑した。そりゃそうだ。今さら優しくされたって、意味がない。気遣いができるなら、婚姻中にしてほしかっただろう。そうしていたら、家庭が壊れることもなかったかもしれない。

聡美は自分の頬をパンパンと叩くと、気を取り直したように働きはじめた。いつものことながら手際がいい。郵便物の整理をしながら、

「このあと十四時から弁護士会の相談センターに行きますよね。あと、明日までに裁判所に提出する書類が二つありますから忘れずに」

実に優秀な事務員だ。聡美が入ってから、事務所の中はすっきりと片付いた。外出の時間になったら声をかけてくれるし、紬の持ち物の確認までしてくれる。父の玄太郎にバレたら、

「お前、そんなことまでひと様のお世話になってるのか」と怒られそうだ。

紬は昔から忘れ物が多い。今度こそ忘れまいと意識すると、行き先や集合時間を間違えたりする。ドジなのだ。そのうえ方向音痴で、目的地につくのに人の倍はかかる。

「こちら、お渡ししておきます」

と、相談センター周辺の地図をプリントアウトしたものを聡美がくれた。ありがたいのだが、実は地図がろくに読めない。言いだしづらくて、いつも「ありがとう」と受けとっておく。

出かける用意を整えてとっつきに行くと、室内で干していた傘が扉に立てかけてあった。聡美が用意してくれたのだろう。万事によく気が回る人だ。

外は湿気がすごかった。

紫陽花(あじさい)の季節には少し早い。イワガラミの白い花が、よどんだ空気にじっと耐えるように、木陰から顔をだしている。

水気を含んだ空気を身体で押しのけるようにして進んでいかなくてはならない。広がりやすい髪の毛は後ろでお団子結びにしてあるが、後れ毛はあらぬ方向に跳ねている。

読めない地図を片手に、横浜駅西口を出て歩きまわる。徒歩五分でつくはずのところをたっぷり十三分かけて、オフィスビルの前にたどりついた。

エントランスで傘を畳んでいると、

「あれっ、紬ちゃん?」男の弾んだ声がした。振りかえると、「ほら、俺、修習同期の糸山(いとやま)。覚えてる?」

糸山優紀、だったと思う。パーマをかけた髪を整髪剤で一方向に流している。ストライプの入った高級そうなスーツを着ていた。

「ああ、糸山君。大きい事務所に入って、企業法務してるんだっけ？」

「そうそう、もうビラブル三百時間を超えてるから、毎月超しんどいわあ」

ビラブルというのは、クライアントに報酬請求する稼働時間のことだ。企業相手の仕事になると、一件いくらではなく、弁護士が何時間働いたからいくら、という計算で報酬を請求する。町弁の紬には関係のないことだった。

「それなのに、弁護士会の相談にも入れとか、無理ゲーすぎるでしょー」

並んでエレベーターホールに歩いていく。糸山はちらちらと紬の顔を盗み見て、「てかさ、今度マジでご飯行こうよ。今度こそ、ね」と言う。

今度こそというのはどういうことだろう、と考えて、「あー、そっか」と声が出た。

修習が終わり、就職したての頃、糸山からは頻繁に連絡がきていた。

美味しい店を教えてもらったから一緒に行かないか、クライアントに映画のチケットをもらったから一緒に行かないか。美術展のチケットが余っていることもあったし、新車をおろしたから走り慣らしたいということもあった。

その全てに対して「忙しいのでごめんなさい」と返していた。その経緯を覚えているのだろう。こちらの顔色をうかがうように尋ねてくる。

「どう、最近忙しいのは落ち着いた？　てか土日もそんなに忙しいの？」

平日は事務所に遅くまで残って、トメ吉とハネ太と遊んでいる。土日は必ずひとつはお菓子を作ると決めていて、双子の甥っ子たちからリクエストが入ることもある。そうだ、今週末はドーナツを揚げてやる約束をしていたのだ。

「忙しいねえー」と答えながら、エレベーターに乗り込む。糸山もついてきた。

いかにもさりげないふうを装って、「紬ちゃんって、彼氏とかいるんだっけ?」と訊いてくる。一年に二十回は訊かれる質問だ。

「いないけど」と答えて、ふと、「いないけど」の「けど」は何なのだろうと思う。いや本当に、けど、って何だ。いないけど、欲しい? いないけど、幸せです? ただ「いない」というだけなのに、何か言い訳を付け加えなければならない雰囲気だ。

「てかさ、紬ちゃんは可愛いからいいけどさ、普通もっと焦ると思うよー」

冗談めかして言ってくる。

「ま、とりあえず、今度みんなで飲もうよ。仲の良いメンツ何人かで定期的に集まってるんだ。紬ちゃんもおいでよ」

答えないまま、相談センターの受付で別れた。

普通もっと焦ると思う、という言葉が、胸の中にゴロッと残った。余計なお世話だよと言ってやるべきだったのかもしれない。だがそうはねつけるだけの威勢もない。普通はもっと焦る状況だとして、全く焦っていない自分は何なのだろう。

昔からモテたからそのうち恋人はできる、だから焦っていない、というわけではない。そもそも、恋人が欲しいと思ったことがないのだ。

給湯器から白湯を一杯もらって、気持ちを切り替える。

相談ブースに入って待機していると、予約時間の午後二時を三分すぎたところで、一人の女性が「遅くなりました」と頭をさげながら入ってきた。

ぽっちゃりとした丸顔の可愛らしい女性だった。年齢は紬より少し上、四十歳前後に見える。

「予約しておりました田井中愛里です。ごめんなさい。電車が遅れてしまって」

野イチゴの刺繍が入ったタオルハンカチを取り出して、柔らかいボブヘアについた水滴を拭く。立体的なフリルがついたブラウスを着ている。裾上げされていないスキニージーンズを引きずるようにはいているせいで、足元は雨に濡れていた。靴ははき潰されたスニーカーだ。

不思議な雰囲気の人だった。腰から下はいかにも主婦という感じの生活感がただよっているのに、腰より上は華やいでいる。

紬の母親にもこういう格好をしている時期があった。家を出る前の数カ月間だ。半分は現実の生活にどっぷり浸かり、しかしもう半分は新生活を夢見る浮ついた気持ちがにじんでいた。

案の定、愛里は「離婚したいんです」と切りだした。

「ずっと横浜で暮らしていまして、もう結婚十五年目。私は専業主婦です。十一歳になる娘、樹里がいます。うちの人は、都内の信託銀行に勤めていまして」

ある日、ジャケットに嗅ぎなれない香りがついていることに気づいたという。内ポケットには、ホテルラウンジのレシートが入っていた。

「おかしいと思って、あの人が風呂に入っているすきにスマートフォンをのぞきました。パスコードは娘の誕生日だということは知っていたんです」

トークアプリを見て、頭がまっ白になったという。他の女性との性行為を匂わせるトーク履歴が出てきたのだ。

まあ本当に、よくある話だった。離婚弁護士をしていると、月に何回も聞くストーリーだ。だが本人にとっては一大事だ。「よくあることですよ」という本音はおくびにも出さず、傾聴に努めた。

「私、本当にパニックになって。ほとんど喧嘩もなかったし、仲の良い家族だったのに。何がいけなかったんだろうって」

愛里はパニックになりつつも、友人の体験談を思いだしたという。探偵に証拠を押さえてもらい、弁護士に相談したことで、かなり良い条件で離婚できたらしい。

「しばらくは決断を棚あげにしていましたが、やはり気になって、探偵事務所に頼んで、不倫の証拠を押さえてもらったんです。その証拠をもとに、家であの人と話し合って、一時は別れようという結論になりました。けど翌日には、『もう浮気しないから許してくれ』と頭を下げられて。私自身、どうしたものか迷っていたんです。でも、我慢して一緒に暮らしていくことは、もうできないと思いました。来年には娘が中学生になりますし、離婚するなら今が一番いいタイミングかもしれません」

紬は感心しながら話を聞いていた。

パートナーの浮気に気づいたとしても、そこですぐに探偵に調査依頼する人は少ないだろう。相手と話し合ったうえで決意を固めて、弁護士に相談にくるのも、普通はなかなかできないことだ。冷静で、行動力のある人だと思った。

リーガルパッドを引きよせ、ボールペンを持ち直しながら訊いた。

「お住まいは？」

「分譲マンションです。あの人の名義になっています」

「まだお家におられるのですよね。別居の予定は？」

「別居したいのですが、行く当てがないのです。一人っ子できょうだいもいませんし。親には十九で勘当（かんどう）されて以来、一切連絡を取っていません」

きっぱりと言う愛里に違和感を抱いた。

話しぶりはごく落ち着いていて、きちんとした常識人の印象だ。両親から勘当されているのは意外だった。よほど折り合いが悪いのか、両親が変わった人たちなのか、あるいは若い頃は愛里もとがっていたのか、と想像をめぐらせてしまう。

「独身時代からの貯金が百五十万円あります」

それ以外に、これといった資産はないという。

「私が働いて、お金はなんとかしますから」と、子供を引きとり、二人で暮らしていく意志は固い。

服飾系の専門学校を卒業後、娘の樹里を妊娠するまで、派遣でアパレル販売員をしていた。それももう十年以上前の話で、今から条件の良い再就職先を探すのは難しいだろう。

「旦那様は、都内の信託銀行勤務なら、それなりに高給なのですよね。十五年分の財産分与をしっかり勝ちとって、毎月の養育費の約束も取りつけましょう。そうしたら経済的にはかなり楽になるはずですし」

励ますように言う。

つくづく結婚は変な制度だ。惚れた腫れたで付きあって結婚するのに、別れるときには子供とお金の話ばかり。性愛とお金と子育て。別々の話を結婚っていう一つのパッケージでまとめてしまうから、訳の分からないことになるのだ。

「いえ、それが——」愛里が気まずそうに目を伏せた。

「うちの妻は、一円も払わないと言っています。法律上もその義務はないはずだと」

愛里の言葉に紬は首をかしげた。

うちの妻、と聞こえた。

「うちは同性婚ですから。入籍できていないんです」

愛里はあいまいに微笑んだ。

理解するのに時間がかかった。

うちの妻、同性婚、入籍できない。一つ一つの言葉を追って、やっと分かった。

愛里は女性だが、同じく女性であるパートナーと生活している。だがその女性パートナーが別の女性と不倫をした。それで別れたいということだ。

「子供は精子提供を受けて、私が産みました。どうしても子供が欲しかったんです。生まれたときから二人で育てていますし、妻はわりと教育熱心で、子供の勉強をみてくれたりもしているのですが、彼女には親権がありません。産んでいないほうの母親が認知をする制度がないものですから。妻には子供の面倒を見る義務がないし、養育費を払う義務もない。入籍していないから、財産分与を請求することもできない」

窓に打ちつける雨音が響いた。雨脚が一層激しくなっているらしい。相談ブース内の蛍光灯も心なしか暗く見える。

「と、友人から聞いたんですが、合ってますか？」

上目遣いでこちらを見る。

よく調べてある。実にしっかりした人だ。

「原則論としてはその通りです。けど、財産分与も、養育費も、法律上の義務がないってだけですよ。交渉次第で、支払ってもらう約束を取りつけられることもありますから」

「そっか」

愛里は顔をほころばせたが、その表情からはあきらめが透けて見えた。どうせ無理だろうと思っている。これまであきらめてきたことがあまりにも多いからだ。

先ほどまで愛里に対して抱いていた違和感がほどけていく。

十九歳のときに親に勘当されたという。おそらくその原因は、同性愛を打ち明けたためではないだろうか。

パートナーの不倫に気づいて、探偵や弁護士に依頼しようと思ったのもうなずける。異性相手の離婚話なら、ネットで検索すればいくらでも出てくる。だが同性婚の場合にどうなるのか、情報が十分には出回っていない。弁護士に相談して話を聞いてみようと思ったのだろう。

「普通の夫婦が別れるときと同じ状況のはずなのに、どうしてこんなに扱いが違うんでしょうね」

愛里がぽろりと言った。

何と答えていいか分からなかった。

まさに同じ疑問を紬も抱いていたからだ。

好きな人と暮らして、子育てをしている。その好きな相手が異性なのか、同性なのかの違いだけだ。

父の玄太郎がよく口にする松ヶ岡川柳が頭をかすめた。

松ヶ岡寝そびれた夜のぐち競べ。

縁切寺に集まった女たちは夜な夜な愚痴をこぼしあった。どちらが大変だったのか張りあったりもしたかもしれない。それでも彼女らは等しく仲間だった。似た境遇の者と話せば気持ちが軽くなったことだろう。だが愛里のように、その仲間に入れてもらえない人たちもいる。本当は昔からずっといたはずだ。

愛里はぽつぽつと身の上話を始めた。

パートナーの川村冴子とは、十七年前に、インターネットの掲示板で知りあったという。数カ月のうちに交際をはじめ、三年目には同棲をはじめた。二人とも賃貸マンションの更新の時期だったので、どちらからともなく「一緒に住んだほうが安上がりじゃない？」という話になった。

それから十五年間、一緒に暮らしている。娘の樹里の誕生日を結婚記念日ということにして、毎年祝っているそうだ。まさか別れるとは思っていなかったから、パートナーシップ契約を結んだり、海外で結婚証明書を取得したりはしていないという。

「私ね、結構幸せだったんですよ。好きな人と結婚して、専業主婦になるのが小さい頃からの夢だったから。こんなおばさんが、何言ってるんだろうって感じでしょうけど」

うつむいて、照れたように笑った。

「専業主婦になりたいなんて言ってないで、外で働き続けてればよかったのかな。どうすればよかったんでしょうね。先生みたいに賢かったら、何かできたんでしょうか」

紬は首を横に振った。

「愛里さんのせいじゃないですよ。そりゃ色々と手はあります。冴子さんと住みはじめたときに、パートナーシップ契約を結んで、今後のお金のやり取りについて決めておくとか。子供ができたときに、養育費の分担について決めておくとか。でも、どんなに工夫しても、法律上の結婚と完全に同じ状態にすることはできません。これは制度の問題であって、愛里さんが悪いってわけじゃないんですよ」

不倫について慰謝料請求が認められる可能性はあった。

同性の事実婚カップルでも、浮気した側への慰謝料支払いを命じた裁判例はある。外国で結婚証明書を取得して、日本で挙式までしていたカップルだったので、愛里とは少し事情が異なるが。

ただ慰謝料がとれたとしてもせいぜい百万円くらいだ。財産分与や毎月の養育費支払いに比べると雲泥の差である。

「世の中は結局、普通の人向けにしか作られてないんだなって思います」愛里は暗い目で言った。「普通から外れた人たちはどうなってもいいんだって、言われてる気がする。被害妄想かもしれませんけど」

先ほど何の気なしに「旦那様」と口にした自分の無知が恥ずかしい。女性同士で愛をはぐくみ、子育てをしている家庭もあるということに、想像が及んでいなかった。

自分自身、「普通」から外れる側の人間だというのに。

「私はもう、十年以上、専業主婦をしていますから。今から復職しようとしても、色々と難しいと思うんです。本当は妻と離婚せずに暮らしていくほうが、子供のためにもいいって分かってる。だけどどうしても、あの人を許せない。別れたい。これって、ワガママなんでしょうかね」

「そんなことはないです」力強い声が出た。自分自身を励ますようでもあった。「こうとしか生きられない、そういう道が誰しもあるように思うんです。世間の基準でとやかく言うことではないですよね」

愛里は一瞬、放心したように宙を見つめた。胸元のフリルがかすかに揺れる。唇を内側に巻きこむようにして口をすぼめ、ゆっくりまばたきをして、紬を見つめかえした。

「ありがとうございます。なんか、うん、そんな気がしてきました。色々あきらめているんですけど、あきらめているなりに、できるところまでやってみようかなって」

今後の進め方を相談して、打ち合わせの日程を決めた。

同性カップルの場合も調停手続は利用できる。二人での話し合いが難しい以上、調停を申し立てるしかなさそうだ。

しきりに頭をさげる愛里を相談ブースの外まで見送ると、受付前の待合スペースに女の子が座っていた。直線的でモダンなカッティングのコットンワンピースを着て、水色のランドセルを膝の上に抱えている。

「樹里」愛里が慌てたように駆けよる。「駅で待ってなさいって言ったのに」

「雨降ってるし、ここのほうが暖かいし」

と言いながら、探るような視線を紬に向けてくる。

学校帰りの娘と駅で待ち合わせしていたのだろう。子供といってももう十一歳だ。母が抱えた問題を察したうえで、状況を探りにきたに違いない。

紬は一礼すると、相談ブースに戻った。

十一歳、そうか。私もあのとき十一歳だったな、と思う。


昔からお母さんは愉快な人だった。

小学二年生の夏休みの初日だったと思う。お母さんが、「流しそうめんをしたいなあ」と言いだした。

京都の大学から調査に来ていた薬丸（やくまる）さんという男の人に頼んで裏山から竹を切り出してもらい、その日のお昼には、お腹がたぷたぷになるほどそうめんを食べた。一番食べたのはお母さんだ。食べすぎてお腹を壊したくらい。子供から見ても子供っぽい人だった。

雪が降ったら、いの一番に飛び出していって「雪だるま、作らなくちゃ」と意気込んでいた。かまくらを作ろうとして失敗し「鎌倉なのにかまくらができないなんて」と面白くもないダジャレをつぶやいていた。

お母さんの世界は終始そんな感じだ。お買い物、お茶、お稽古、お花見、お月見……というふうに、すべての活動に「お」がつく。四季折々のイベントをこなすうちに毎日がすぎていく。台風の目のような人だ。

お母さんは常に「今」を生きる人だった。一晩寝れば前日のことはすっかり忘れていた。昨日美味しいお菓子を食べても、今日食べていないなら意味がない。明日食べる予定があっても関係ない。今日食べなくちゃいけないのだ。お母さんは毎朝、新しい世界に生まれ直しているんだろうなと思う。

そばにいるといつも振り回された。

何しろ、思いつきをすぐに実行しようとするのだ。そのわりに物事を進める力がないから、周りが助けてやらなくちゃいけない。薬丸さんと紬はいつもペアだった。お母さんから「助さん」「格さん」と呼ばれるくらい。「準備はよろしいかな」という掛け声に「はい！」と言って、お母さんが指示する秘密の作戦を実行する。

それが楽しくてたまらなかった。学校の友達と遊びたいと思ったことはない。家に帰れば、一番仲良しで一番愉快な友達がいるのだから。

紬はお母さんと違って、料理が得意だった。だから、作戦のうち料理部分を担当することが多い。他方で掃除は苦手だ。お母さんももちろん苦手。薬丸さんは掃除ばかりしていた。

お母さんは本当は、お出かけが好きな人だったんだと思う。ちょっとスーパーに行くとか、病院に行くとか、そういうときであってもウキウキと化粧をして、綺麗なワンピースを着て出かけていった。遊びの予定でなくても、外に出るというだけで楽しいと感じるタイプだ。

でも寺の仕事があるせいで、外出は許可制だった。おばあちゃんに用件と帰宅時間を告げて、「いいよ」と言ってもらってから出かける。「いいよ」が出ないこともあった。

だから本当に外に出たそうなときは、紬が留守番を替わってやった。お母さんと違って、ずっと家にいても苦にならない。固定電話を近くに持ってきて、居間のコタツで一日中ごろごろしていられる。だらっとテレビを見るのもよし、すき間の時間に料理をしたり、毛筆で寄付札書きをしたりするのも好きだった。今でもインドア派だが、室内で一人時間を楽しむ訓練は、子供の頃からみっちり積んでいる。

自分では「ひきこもりの英才教育を受けたからね」と言っていたが、それを聞いた出雲は「はあ?」と不思議そうに眉をひそめるだけだった。行動派の出雲とは根っこの感性が異なるのだろう。

十一歳の初春だった。兄たちは大学と予備校に行っている。お父さんは檀家さんの家に出向いていた。祖父母はまだ健在で、自治会の積み立てで温泉旅行に出掛けていた。庫裡(くり)には お母さんと薬丸さん、紬しかいなかった。

そわそわしているお母さんを見て「お外行きたい?」と声をかけた。

お母さんの顔がぱあっと明るくなった。それだけで紬は嬉しくなる。

「うん、ちょっと行ってきていいかな」

「うん、電話番してるよー」

と請け負って、お母さんを送りだした。

寺には法務員とアルバイトが数名いて心配いらない。庫裡の一番奥の部屋には薬丸さんがいるはずだが、いつも分厚い本とにらめっこをしていて、あまり出てこない。

お母さんを見送って、テレビをつけ、コタツのまわりにクッションや電話機、漫画本などを設置して、自分の「城」を作っていると、テレビラックの端にお母さんの手袋が置いてあることに気づいた。

「忘れてる！」

とつぶやいて、手袋を手にとった。赤いカシミアでできた可愛らしいものだ。

お母さんは冷え性で、この手袋がないと外出がままならない。そのわりによく忘れるので、一度外に出てから手袋をとりに戻ってくることもしばしばだった。

家を出てから五分も経っていない。それほど遠くに行っていないだろうと思って、庫裡を出る。一般道につながる裏道を進んでいくと、ちょうど門から出て車道の向こう側にお母さんが立っているのが見えた。

「お母――」呼びかけようとして、ふと口をつぐんだ。

薬丸さんと一緒にいた。

手をつないでいる。片方の手は自分のコートに入れて、もう片方の手は薬丸さんが握っている。薬丸さんはお母さんの手を握ったまま、自分のコートのポケットに入れた。

そうか、お母さんはこのために手袋を置いていったのか。にわかに状況を理解した。小学生でもこのくらいは分かる。

「あっ、へー」

間の抜けた声が出た。

「そっかあ……」

薬丸さんはあのとき何歳くらいだっただろう。お母さんが四十代半ばで、薬丸さんはそれよりちょっと下だった。だけどつるっとした学生風の人で、年齢よりずっと若く見えた気がする。

お母さんはいつになく華やいだ顔をしていた。後光がさすというか、肌の裏側から光が出ているような感じだ。娘ながらに、「お母さん、可愛いな」と思った。不思議と、嫌な感じは全然しなかった。

もともと普通の人とは違う。野生の鳥みたいな人だった。むりやり一つのところに閉じ込められて、その中でなんとか息をしようともがいている感じだ。そんなお母さんがのびのびと羽を伸ばしている。

お母さんって本当はこういうふうに笑うんだ、と思った。肩から荷がおりたような、安心した気持ちになった。

手袋をもったまま、慌てて庫裡に引きかえした。

お母さんとは何でも話す仲だったけど、この日見たことには触れなかった。なんていうか、触れちゃいけないってことは分かっていたから。

もちろん他の誰にも言わなかった。重い秘密を抱えたという意識もない。お母さんのとっておきの思い出を一つ、こっそり分けてもらったような気分だった。

お父さんが知ったら悲しむだろうなとか、おばあちゃんが知ったら怒り狂うだろうなとか、そういうことは考えていた。だけど紬にとってお父さんはお父さん、お母さんはお母さんという役割の人である。そこがもともとラブラブだったと想像するほうがしっくりこない。だからだろうか。いまいち、お父さんへの同情の気持ちはわかなかった。

薬丸さんはその後も、いつも通りの薬丸さんだった。お母さんとの関係はもっと前からはじまっていたのかもしれない。

声が小さくて、ぼそぼそしゃべるんだけど、背は高くて手がすごく大きい。「これは何？」とか「なんで？」とか訊くと、大真面目に一つずつ、丁寧な言葉で教えてくれる。そんな人だった。

お母さんや薬丸さんに嫌悪感を抱かなかったのは、改めて考えると変なことだ。けれども当時の紬は「恋愛できる人ってすごいよなあ」と思うばかりで、それ以上の感慨はなかった。あまりにも自分から遠い世界で、評価しようがなかったのだと思う。

小さい頃から不思議に思っていた。

どうして世の中には恋愛ソングばかりがあふれているのだろう。君に夢中だとか君を離したくないだとか、あなたに会えなくてだとか……まあ、あまり聴かないので、恋愛ソングの解像度も極めて低いわけだけど、とにかくそんな感じの曲が多くてびっくりする。

世の中の人はそんなに恋愛しているのだろうか。

ランニングをしている人たちは、走った後にランナーズハイと呼ばれる強い幸福感で満たされるという。そのランナーズハイを主題にした歌ばかりが歌われているような気分だ。そりゃ確かに、どこかに存在する感情なのだろうけど、ランニングに興味がない人には関係がない。

そんな感じで、恋愛の話になると、急に「自分とは関係のない話」と思ってしまう。無理をしているとか、強がっているとかではなく、自然体で昔からこうなのだ。

小学校高学年になる頃から時々、男の子に「好き」と言われるようになった。その度に困惑した。好きって、何？　紬もその子のことは嫌いじゃなかった。好きといえば好きだ。だけど他の子だって同じくらい好きだし、そもそも、意地悪な人じゃない限り嫌いになったりしない。だからたいていの人のことは好きといえば好きだ。

相手にわざわざ「好き」と伝えるのは、どういうことなのだろう。どうしても理解できなかった。

「クラスの男の子で、誰が好き？」

友達の間でそういう話題がもちあがることもあった。その度に「えー誰かな」とごまかすしかなかった。同級生の話していることが分からない。ぴたっと気持ちが重ならない。「足が速いとかっこいいとされている」「顔が整っていると人に好かれるらしい」と頭で理解して、その知識をフル活用して相づちをうつ。話していても疲れるだけだった。

自分はおかしいのかもしれないと思って、お母さんに相談したこともある。そしたらお母さんは、「大きくなったら分かるんじゃない？」と軽く言った。

大きくなれば分かるという予感は全くしなかった。例えばここに、トカゲに興味がない人がいるとして。トカゲのことは好きでも嫌いでもない。関心がない。「月日が経てば、トカゲのことも好きになるかもよ」と言われてもピンとこない。

そのことを話したら、お母さんはニイッと笑って言った。

「みんなと同じじゃなくても、別に困らないよ」

まあそれもそうか、と妙に納得したのを覚えている。

世の中の人がどうして恋愛するのか、結婚するのかすら分からず、だからこそお母さんが既婚者ながらに新しい恋愛をはじめたところで、不思議に不思議が上乗せされるだけで、「そういうこともあるんだなあ」くらいに思ったのだ。

十四歳のある晩、お母さんにこっそり呼ばれた。本堂の裏、池が見える中庭の隅だった。ちょうど桜の季節で、夜空を背景に白っぽく花びらが浮きあがっていた。

「お母さんね、おうちを出て、薬丸さんと一緒に暮らそうと思うの」

こちらの様子をうかがいながら、しかし照れや浮つきの隠せない声だった。

「へえ」感心したように言った。「そっかあ」

いつかはこう言いだすのではないかと予想していた。お母さんのことだからもっと早く言うと思っていたのに、思いのほか長くかかったと思ったほどだ。

驚かない紬に、お母さんのほうが驚いているようだった。目を泳がせてから、

「お兄ちゃんたちも大学に入って一人暮らしを始めたし、寺のほうも人が増えて落ち着いているし、今がタイミングだと思うんだ。でもね、紬ちゃんはまだ中学生でしょ。それが一番の気がかりなの」

暗がりの中にお母さんの白い顔がぼおっと浮かんでいた。東衛寺の隅に咲くゲッカビジンの花のようだった。外から照らされずとも、内側に青白い炎が宿っていて、その光が弱々しくもしぶとく周りに放たれている。

「それでね。紬ちゃん、お母さんと一緒にいかない?」

2

愛里の調停は八月に入ってから実施された。

家庭裁判所に集まり、交替で調停委員と話をする。片方が話しているあいだ、もう片方は待合室で待っている。DVがからむ案件だと待合室は分けるし、そうでなくても当事者同士は離れたところに座る。互いに気まずいからだ。

だが今回の待合室には異様な雰囲気が流れていた。

まず中央に、娘の樹里が座っているのだ。その右に愛里、左に相手方の冴子が座る。呼ばれたらそれぞれ立ちあがって出ていく。また同じ席に戻る。その繰り返しだ。

樹里はもともと来ない予定で、友人宅で預かってもらう手筈(てはず)が整えてあった。

だが本人がついてきたがったうえに、家庭裁判所のほうから「娘さんの話も聞きたい」と言われたこともあり、急きょ裁判所に来ることになった。その表情は暗い。じっと一点を見つめるように目を伏せている。

ふとした表情や雰囲気が、もう一人の母親、冴子にそっくりで驚く。

冴子は涼しげな目元をしたいかにもキャリアウーマンという感じの女性だった。この日も都会的なグレーのパンツスーツを着ている。

樹里の顔立ちは愛里に似て、丸く可愛らしい感じだ。だが服装の好みは冴子譲りらしく、クールな印象の紺色のコットンチュニックとレギンスを大人っぽく着ていた。

樹里と冴子、顔の感じは全然違うのに、二人が並ぶと確かに親子だなという感じがする。

調停は不調に終わりそうだった。

まず調停委員がよくない。

調停室に入ると、白い麻のスーツを着た高齢男性と、黄緑色のサマーニットを着た高齢女性が座っていた。

今回の事案の争点を整理したうえで、

「普通の夫婦と実態は変わりません。専業主婦の愛里さんが無一文で放りだされたら、愛里さん自身も、娘の樹里ちゃんも困ってしまいます。普通の夫婦が別れるときと同じくらいの条件にはしてもらいたいのです」

と説明すると、女のほうの調停委員から、

「そんなにお困りになるんだったら、お子さんが大きくなるまで離婚を我慢されたらいいんじゃないですか」

ときた。

「先ほど、冴子さんからお話を聞きましたが、冴子さんは別れたくないとおっしゃってますよ」

たしなめるようにじろじろと愛里を見る。愛里は涙ぐみ、

「あの人は、お金で縛って私の身動きをとれなくしているだけなんです。パートに出るのも許してもらえない。私が逃げられないって分かってるから、浮気もするし、私を軽んじる」

ところどころ声を詰まらせながら話した。

「しかしね、子供のためにもうちっと、我慢とか、できないもんなんですかねえ」男性の調停委員がのったりとした口調で言った。「家族がバラバラになって可哀想でしょう」

愛里はタオルハンカチをとりだして、口元にあてている。涙をこぼすのを我慢しているのだと分かった。

頭がくらくらした。

まれに、明治時代からタイムスリップしてきたような調停委員がいる。

法律の専門家とは限らない。一般市民の良識を反映させるために、色々な分野で活躍している人が選ばれるからだ。医師だったり、大学教授だったり、公認会計士だったりとお堅い職業についていることが多い。五十代や六十代がほとんどで、若い世代とは感覚が違うこともある。

冴子が別れたくないと言っているのを聞いて、「二人を元鞘(もとさや)に戻すことで紛争解決」という筋道を組み立てているらしい。

「本人が別れたいと言っている以上、それ以外の道はありません。縁切り上等なんですよ」

我ながらとがった声が出た。

依頼人は結婚生活に耐えられないと言っている。それを、たかが浮気ぐらい我慢しなさい

とか、他人が言っていいわけがない。本人が無理というなら、それは無理なのだ。二人は別々の道を行くしかない。

「別れる二人と子供が困らないように調整するのがあなたたちの仕事ですよね」

別れたくて調停を申し立てているのに、別れるのを我慢しろと言われたら本末転倒である。被害届を警察が受理しないようなおかしさがある。

「親と子供が離れ離れになって可哀想だと思うなら、面会交流の取り決めをきちっとしてください。子供が可哀想だとしたら、それは親が無責任だからではなく、法律が未整備だからですよ」

むかっ腹が立っていた。私情がまじっていたかもしれない。自分自身、親が離婚した子供として憐憫の目を向けられることがあった。その度に腹を立てていた。

「別れるとしたら、どういう条件か、もう一度相手方に確かめてください」

と調停委員に要求し、そのターンは終わった。

調停室から出ると、愛里はワッと泣きだした。すぐに顔をタオルハンカチでおおい、

「先生、あの、すみません。ありがとうございます。ビシッと言ってもらって救われました。ちょっと、顔を直してから戻りますから。待合室にお戻りになっていてください」

と、近くのトイレに駆け込んだ。

待合室に行くと、ちょうど冴子とその代理人が出て行くところだった。一人残された樹里の隣に座る。

怒ったせいか喉が渇いた。廊下の自販機でジュースを買ってこようと思い、

「樹里ちゃん、ジュース飲む？」

と訊くと、一瞬戸惑ったような顔をして、紬の顔を見た。「あっ、はい」と遠慮がちに答える。大人の顔色をうかがいながら行動する癖があるのかな、と思った。

並んで缶ジュースを飲みながら、

「学校楽しい？」

さしさわりのないことを訊いてみる。

「はい、楽しいです」

「クラブは何してるの？」

「えっと、合唱と、ダンスをしてます」

「音楽が好きなんだね」

樹里は照れたように「はい」と笑った。初めて子供らしい表情を見た気がした。

ダンスのクラブでは部長を務め、合唱のほうではソプラノのパートリーダーをしているという。

「みんなにやってって言われて、いつのまにかやることになっちゃうんです。できないわけじゃないから別にいいけど、たまに疲れる……」

いっぱしにため息をつく姿がほほえましい。

と思っていると、パッと明るい顔になった。

「お母さんたちも音楽が好きなんです。毎年一緒に、ロックフェスに行っていました。朝早くから車で家を出て、車の中でちょっと寝て、それでこーんなに大きいおにぎりを食べて」

樹里が自分の顔の前で手を広げて見せる。

「おそろいのTシャツに着替えて、ワーッと騒ぐんです。家とか学校だと大きい声出すと怒られるでしょ。でもフェスだと、キャーッとか言っても大丈夫だから、気持ちいいんです」

樹里は目を細めて笑うと、ふと何かに思い至ったように目を伏せた。

胸が締めつけられるようだった。母親二人と娘一人、楽しかった思い出がいっぱいあるはずだ。これからも同じ日々が続くと思っていたのに、急にそれが終わろうとしている。

「あのね……」樹里がコソコソ話をするように、紬に顔を近づけて言った。

「ひみつなんだけどね、お母さん、家の近くで他の女の人とこっそり会ってるんです。クラスの子のお母さんが見たんだって。その子が教えてくれたんです」

「そうなんだね」

曖昧に応えるしかなかった。

冴子の浮気の証拠は、出雲がすでに押さえていた。調停委員にも提出している。子供の耳に入ることはないはずだが、子供はこうやっていつの間にか知っているものなのだ。

「でもわたし、お母さんのこと、おうえんしてます。最近お母さん、楽しそうだから。もうずっと、お母さんたちはけんかばっかりしてる。家の中は暗いし、これ以上どうにもならない気がする。それならせめて、お母さんたちが幸せなほうがいいかなって、最近そう思うんです」

目を伏せたまま、口元だけで笑顔を作っている。

「そうなんだね」戸惑いながらも同じ言葉を繰り返す。

かける言葉が見つからない。あの当時の自分は何と言われたかっただろうか。「大丈夫？」と訊かれても「大丈夫です」と返すしかない。「困ったことがあったら言ってね」も違う。何に困っているのか自分でも分からないだろうから。

「ロックフェス、また行きたい？」

紬が訊くと、樹里はハッとした表情を浮かべ、

「三人で行かないなら、意味ないんです」

ともらした。目がみるみるうちに潤んでいく。

窓の外から、竿竹屋の間延びしたアナウンスが聞こえてきた。さしこむ日の光が紬たちにあたり、横に長く影が伸びている。

「お母さんと会えなくなるのは嫌だ……」

樹里がしぼりだすように言った。

「そうだよねえ」実感のこもった丸くて柔らかい声が出た。「それは寂しいよね」

どうしてお母さんについていかなかったのか分からない。何と断ったのかも覚えていない。ただ断った後のお母さんの寂しそうな顔だけがずっと心に残っている。

口を一文字に結んで、目を潤ませていた。自分自身を哀れんでいるような表情で、それにはちょっと腹が立った。

可哀想なのはお母さんじゃない、私のほうでしょ、と思ったのだ。

「寂しくなったらここに連絡しておいで。お母さん、迎えにいくからね」

と最初から用意していたらしい手紙をさしだした。その場で封をあけて月の光にかざしてみると、便せんに住所と電話番号が書いてあった。ラメ入りの綺麗な便せんだった。

翌朝、お母さんは消えていた。

お母さんが出ていったとお父さんから聞いたとき、ホッとしたのを覚えている。何はともあれ、お母さんは駆け落ちに成功したんだ。それは良かった。

でも本音を言えば、勝手に出ていってほしかった。ついてくるか子供に選ばせるのはずるいと思った。

もらった手紙は封筒ごとくしゃくしゃに丸めて境内の裏、お墓が並ぶ竹林に投げ捨てた。腹立ちまぎれだったと思う。

お父さんはお母さんの行方を捜しまわっていたが、しばらくすると大人しくなった。あきらめたのか、意地になったのか、「戻ってきても入れてやらん」と宣言するようになる。

おじいちゃんとおばあちゃんはカンカンに怒っていた。二番目の兄も怒っている感じだった。一番上の兄はあきれていたように思う。

それぞれ思うところはあっただろうが、平和な日常が再び訪れた。

平和すぎる、静かすぎる日々だった。パンケーキをどうしても今食べたいと言いだす人がいない。お出かけ前にテルテル坊主を作る人がいない。近所の野良猫のなわばり争いを実況中継する人がいない。

お母さんがいないと、生活がこんなにつまらなくなるんだと驚いた。

連絡先を捨てたことを次第に後悔するようになった。お母さんが出奔してから三カ月くらいした頃だ。裏手の竹林を歩き回って捨てた手紙を探したが、一向に見つからない。

雨風にさらされて、ダメになっている可能性が高かった。

もうすっかり夏日で、比較的涼しい竹林の中でも、歩き回っていると汗がだらだらと垂れた。薄緑色の視界がかすんでいく。

「おーい、何してんの？」

後ろから声がかかった。振り向くと、坂の下、竹林の入り口に出雲がいた。

土曜日の夕方、野球部の大会帰りのようだった。大きいエナメルバッグを肩からさげ、汚れたユニフォームを着ている。

「探し物ー」と答えて、再び歩きだす。

「おいってば」

サッサッサッと軽快な足音とともに出雲がのぼってきた。「何探してるの？」

「手紙」

「誰からの？」

「誰でもいいじゃん」

出雲はむっとしたように目を逸らした。

「なくしたの？」

「一回そのへんに捨てて」と墓の裏を指さす。「で、やっぱり気になって、探してる」

「何色？　どういう封筒？」

クリーム色で、多めにラメが入った綺麗な封筒だと説明する。別れの手紙なのにそんなめでたい感じの封筒を選ぶお母さんのセンスに一人笑ってしまう。

「何ニヤニヤしてんの。そんなにもらって嬉しいものだったわけ？」

出雲が探るように訊いてくる。

それには答えなかった。いつも出雲は詮索してきては説教する。「お前がぼーっとしてるからだ」とか「もっと警戒しろよ」とか。小さい頃は頼りきりだったけど、保護者面されるのが嫌でこちらも全ては話さなくなっていた。

「カラスかもしれない」

出雲はそう言うと坂をずんずんのぼっていった。

「このうえの祠に、カラスの巣があるんだよ。キラキラしたものはくわえて持っていっちゃう」

墓の間の曲がりくねった小道を五分ほどのぼっていくと、開けた場所に出る。何を祀っているのかよく知らないが、記念碑のようなものが立ちならび、その奥に、自然の洞窟が草木に埋もれるように残っている。五メートルほどの間口には木製の柵が設置され、中央にはロープが張ってある。入ってはいけないと言われていたし、不気味だから近づかないようにしていた。

ロープの先には灯籠が二つ見える。どうして洞窟の中に灯籠があるのか不可解で、気味が悪い。さらにその先は昼間でも暗くてよく見えない。夕暮れどきだとなおさら暗い。洞窟の天井にびっしりとツタがはい、その間をコケが埋めているのが見えて不気味だった。

「この奥に色々ためてるんだよ、カラス」

今ならスマートフォンのライトで照らすところだろうが、当時の中学生は携帯電話すら持っていなかった。

「見てくる」

出雲は柵を飛び越えて洞窟に入っていった。

「ちょ、ちょっと待って」

と呼びかけるが聞こえているか分からない。暗闇がすっぽりと出雲の身体をおおった。追いかけていくべきか迷っていると、すぐに戻ってきて、

「ほら、これ？」

と何か投げてよこした。

金色のものがコケむした岩の上を転がる。くしゃっと丸められた封筒だった。

「そう、これ。これだよ！」

飛びついて手紙を開けた。封筒は汚れていたが中の便せんは無事だ。ところどころ湿気でにじんでいるが文字は読める。カラスが洞窟に集めていてくれたから、三カ月も雨風に耐えられたのだろう。

「ありがとう。本当に助かったよ」

出雲の肩を叩くと、出雲はその場に固まって、「だからそういう、男と距離が近いの、よくないと思うわけ」

「え？」意味が分からなくて訊きかえす。

「別にいいけど」

プイッと来た道を振りかえり、歩きだす。その背中に向かって、「でもすごいね、本当に見つけるなんて。名探偵じゃん」と声をかける。

「探偵？」首だけこちらを振りかえった。

「そう、向いてるかもよ」

出雲は鼻の先をごしごしかくと、無言で帰っていった。

のちにそのときのことを覚えているかと訊ねたら「忘れた」と言って、やはり同じように鼻の先をごしごしとかいていた。

でも、このことは紬の中でずっと印象深く残っていた。

大学生の頃だった。出雲から「付きあってみない？」と言われて、心底驚いた。

それなりの数の男の子に告白されていた。男の子は、好きになった子に対して、デートに誘うし、好きと口にする、付きあってほしいと言う。そういう行動が見られない場合は、別に好きじゃないということだ。男の子はそういうものだと思っていた。

それまで二十年弱、出雲と一緒にいて、好きだとか付きあってほしいとか言われたことは一度もなかった。だから出雲は自分のことを好きじゃないんだと思っていた。そしてそのことに安心していた。恋愛対象として好きにならず、でもそばにいてくれる人は貴重だ。すごく迷った。

その頃には、どうやら自分は他人を性的に好きになったり、恋愛対象にしたりしない人間だと分かっていたからだ。

色んな人に色んなことを言われた。「理想が高いだけ」「本当の恋愛を知らないなんて可哀想」「いつかきっといい人に巡り合えるよ」とか。そのどれもがピントがずれていると思った。恋愛対象が男性だという人に対して、「いつか女性の魅力が分かるよ」と言うようなものだ。本人としては「いや、そうはならないよ」とかなりの確信をもって思える。

だから他の人からの告白だったら言下に断っていたと思う。

でも、今回の相手は出雲だ。ずっと一緒にいて、信頼しているこの人ならもしかして、そういう気持ちになるかもしれない。そう思ってしまったのだ。試してみないと分からないと。

しかし結局、出雲を振り回し、傷つけただけで終わった。

救いだったのは、紬と別れた後、出雲にはすぐ彼女ができたらしいことだ。その話を聞いてほっと胸をなでおろした。

弁護士になってから、出雲に調査依頼をするようになったのも、やはり探偵として信頼していたからだと思う。一番信頼できる人が身近にいるのに、他の者に業務を頼む理由がない。

折りに触れて、手紙を見つけてくれた夏の夕暮れのことを思いだす。暗い洞窟にも迷わず入っていった背中が脳裏に浮かぶ。あの洞窟のあたりには、やぶ蚊が沢山いたらしい。翌日には二人とも虫刺されで顔が腫れていた。互いに顔を見合わせて、思わず吹きだしたのを覚えている。

3

調停の翌々週のことだった。冴子の弁護士から訴状が届いた。

その内容を見て、紬はしばし絶句した。

不貞行為に基づく慰謝料を請求するものだった。愛里が吉岡という女性と浮気しているという。

「これってどういうこと？」

事務机でパソコンとにらめっこしている出雲に話しかける。

「さあ、ダブル不倫かな。珍しくないよ」

そっけない返事をしてパソコンに視線を戻した。

「いやほんと、何が何だか分からないよ」

と言いながら、キッチンにいる聡美に顔を向ける。

聡美は手をとめて、「調停がちっとも進まないから、しびれを切らして、民事訴訟に手をのばしたんですかね」と首をかしげた。

紬の足元でトメ吉が「なー」と鳴いた。依頼人がいないので一階におりてきている。トメ吉を抱きあげて、うろうろしながら思考をめぐらす。

そういえば、樹里は言っていた。お母さんが家の近くで、他の女の人と会っているのだと。クラスの子の保護者が目撃したとかで。そのときはてっきり、冴子のことだと思っていた。だが本当はもう一人のお母さん、愛里のことだったのだろう。

家の近くで会っていたという部分に違和感を抱くべきだった。冴子は都内の信託銀行に勤めている。わざわざ横浜の自宅近くで浮気相手に会うとも思えない。

いずれにしても、本人に確認してみるしかない。

翌日の午後一時、愛里は事務所にやってきた。外の暑さのせいか、焦りのせいか、額に大粒の汗を抱えている。お辞儀をすると、汗がすっとしたたり落ちた。

「本当にすみません。冴子が高ぶっていて……何度も勘違いだと諭（さと）しているのに」

聡美が出した麦茶に口をつけ、やっと人心地ついた様子だ。タオルハンカチで汗をぬぐって、口を開いた。

「吉岡さんは、専門学校時代の友人です。二人とも服飾デザイン専攻でした。卒業後、私はアパレル販売員になりましたが、吉岡さんは留学して、デザイナーとして自分のブランドを立ちあげたんです。十数年、小規模でやってきたのですが、最近はじめたＥＣ事業が好調で、ブランドを拡大したいんですって」

言葉を切り、もう一度汗をふいた。口元には照れたような笑みが浮かんでいる。初めて見る表情だった。

「それで、私にも手伝ってくれないかって声がかかったんです。今さら何ができるかなって感じなんですけど。昔からパターンをおこすのは得意でした。吉岡さんのデザイン画は独特なんですが、私は不思議とスッと、彼女の望む仕上がりが分かるので」

「そうすると、吉岡さんのマンションを訪ねたのも、仕事の相談のためですか？」

紬はリーガルパッド片手に訊いた。

「いえ、それは」愛里の表情が一瞬で曇った。「仕事を断るために彼女と会ったんです。でも、色々と説得されてしまって。話しているうちに思い出話に花が咲いて、夜通しあれこれと話していました」

「もともと外泊の予定はなかったんですか？」

「はい。慌てて冴子に外泊の連絡を入れました。樹里はちょうど林間学校に行っていたので、特に問題ないと思ったんですが」

「冴子さんは怒ったと」

愛里はうなずいた。

「同性愛者にだって同性の友達はいますからね。友達と遊んでいただけで、やましいことは何もないのに」

愛里の言葉に内心どきりとした。女の人と会っていたという話を聞いたとき、無意識に不倫のことが頭に浮かんだ。樹里のクラスメイトの母親も同じだったのだろう。だが冷静に考えると、愛里にも女友達だって当然いるはずだ。

「吉岡さんからの仕事の誘いは、どうして断ることにしたんですか？」

「冴子に反対されたからです。彼女には理想の家族像があって、そこから外れるのを極端に嫌っています。母子家庭で、お母さんがずっと外で働いていたから。寂しい幼少期だったみたいです。だから自分が家庭を築くときは、自分が専業主婦になるか、パートナーを専業主婦にしたいと思っていたんですって。私はもともと専業主婦になりたかったので、その点、相性が良かったんですけど」

「愛里さんとしては、働いてみたいという気持ちも出てきたんですね？」

先を読むようにして言った。

愛里は口をへの字にしながらも、目元で笑っていた。

「なんでだろう。昔は別に、働きたいなんて思わなかったのに。今になると、働いて、社会に居場所があるって、素敵だなって思うようになって」

カウンターの前にお盆をもって立っていた聡美がしみじみとした顔でうなずいた。確かに聡美は依頼人として事務所にきた頃よりも、働いている今のほうがずっと生き生きとしている。

「冴子の浮気に気づいたとき、なんでかな、あっこれで外で働けるって思ったんです。向こうも完璧なパートナーじゃなかった。だからこっちも完璧に主婦業をしなくてもいいだろうと思って。でも冴子は外で働くのを許してくれなかった。そしたらこっちも、冴子の浮気がどうしても許せなくなって」

愛里が強硬に離婚を望んだのも分かる気がした。浮気がどうこうという問題ではない。自分の存在意義とか、これからの生き方の問題なのだ。

愛里はひと息つくと、麦茶を飲み干した。

「もう一杯いりますか？」

聡美が訊くと、「いいえ、大丈夫。ありがとうございます」と笑う。

「あの」おそるおそるという感じで聡美が言った。「冴子さんは浮気をした。でも離婚はしたくない。もう浮気はしないからとか、そういうふうに謝られているんですか？」

「普通そうなると思いますよね」愛里が苦笑した。「一応謝ってはくれるけど、そんなに反省してないと思います。自分の浮気は棚にあげて、でも私と離れるのは嫌みたい。彼女は樹里を可愛がっていました。私と離婚して、樹里と離れ離れになるのが嫌なんでしょう」

愛里は深いため息をついた。紬のほうに向きなおる。

「先生、実は今日、ご相談しようと思ってきたんです。ここ最近、樹里がおかしなことを言うようになったんです。『お母さんたちには別れてほしい』って。そして、『愛里ママとはもう一緒に暮らさない』とそう言うんです。『冴子ママと二人で暮らしていく』って」

愛里の声が震えていた。

「どうしてそんなことを急に言うんだろうと、すごくショックを受けました。もう一緒に暮らさないなんて」

苦しそうに眉間にしわが寄っている。

胸のうちにどろっとした感情が広がった。愛里に同情したわけではない。

その言葉を発した樹里の心中を想像したのだ。樹里は涙をこらえながら「お母さんと会えなくなるのは嫌だ」と言っていた。一体どんな気持ちで一方の親を選んだのだろう。両親の間で板挟みになり、どちらかを選ぶことで対立に決着をつけようとした。それほどまでに追いつめられているのだろう。

「先日の調停のときは、樹里さん、そんなこと言ってませんでしたよね？」

「はい。ここ二週間の話です。私はずっと樹里を説得しようとしていたんですが。何を言っても、『愛里ママとは暮らさない。冴子ママと暮らす』としか言わないんです」

ふと、樹里が言っていたことを思いだした。

――でもわたし、お母さんのこと、おうえんしてます。最近お母さん、楽しそうだから。

状況を察する能力の高そうな子だった。愛里が新しい仕事をはじめたいと思っていて、その相談をしに女の人と会っていることまで分かっていたかもしれない。

赤い手袋を握りしめて、道の向こうのお母さんを見つめた自分の姿と重なる。

「うちは同性パートナーですから、産んでいない冴子は認知もできないですし、冴子と樹里が二人で暮らすというのも現実的ではないと思うんです」

愛里は自分に言い聞かせるように言った。

紬はややためらいながら口を開いた。

「冴子さんと樹里さんで、養子縁組することはできます。ただ、そうした場合、愛里さんの親権が失われるんです」

「えっ？　冴子が一人で親権を……ってことですか？」

愛里の表情がさらに曇った。

「そうなります。異性婚の場合、片方の連れ子を再婚相手の養子に入れるのは一般的に行われていますよね。その場合、再婚後の両親の共同親権になります。ですが、同性カップルの場合、親権はどちらかになってしまうんです」

「それって、おかしくないですか。私たちは関係性が悪化してるけど、関係性が良好なカップルとその子供でも、同性カップルだと共同親権にならないってことですよね」

黙ってうなずいた。自分が謝るのもおかしいが、申し訳ない思いだった。

同性カップルの子供だと、共同親権を設定することすらできない。世間では、子供が可哀想、だから同性カップルは子供を持つべきではない、といった方向に議論が進みがちだ。だがそれは、個々人の選択のせいなのだろうか。単に法律が整備されていないせいで、子供が困っているだけではないか。

「おかしいですよね」

自分に言っているようだった。

「樹里さんは何をどこまで知っていますか?」話題を変えた。

愛里は驚いたようにこちらを見たが、落ち着いた声で答えた。

「お母さんたちは別々の道を行くかもしれない。その相談をしているんだよ、とは伝えています。でも、伝えている以上のことを分かってるかもしれません。このあいだの調停では、調停委員から私たちについて質問されたでしょうし、相手の言葉のニュアンスを受け取るのが上手な子なので」

「樹里ちゃんは新しいお仕事のことを知ってるかもしれませんよ。子供は親が思っている以上に、親のことを見ていますから」

愛里はその場で目をつぶって、ゆっくりと息を吐いた。

「あの子は……」そっと目を開ける。「あの子は全部分かってるのかもしれないです。私も最近、パターンの本を買ってきて読んだりしていたから。最近は樹里に色々と服を作ってやっていましたし」

確かに樹里は、手の込んだデザインの服ばかり着ていた。

行動の変化から、愛里の働きたい気持ちを察していたのかもしれない。だが冴子が反対していることも伝わっていただろう。二人がカップルでいるかぎり、愛里の願いは叶わない。

愛里を自由にしてやるためには両親が別れる必要がある。だが冴子は、樹里と離れるのが嫌で別れに同意しない。それならば、樹里が冴子と一緒に暮らすことにすればいい。それで愛里は好きな仕事ができる。そう考えたのではないだろうか。

そうだった、自分も——。

ふいに記憶がよみがえる。自分がついていっても邪魔になると思った。お母さんの幸せの邪魔をしたくなかった。幼いながらにそう考えたのだ。

お母さんは最近楽しそうだから応援していると言ったときの、樹里の表情を思い出した。目を伏せながら口元だけ笑っていた。応援したい気持ちに嘘はないだろう。だが離れ離れになるのは寂しいに決まっている。三人でロックフェスに出かけたことを話す樹里の楽しそうな顔が浮かんだ。

「万が一の話ですが」

愛里が声をひそめて言った。「もし、冴子と樹里が養子縁組して二人で暮らしはじめて、私は別居、親権も失われた場合、面会交流ってできるんですか？」

「法律上の仕組みはありません。でも冴子さんと愛里さんの間の約束事として、面会の頻度や方法を決めておくことはできますよ。隔週で週末は愛里さんとすごすとか。毎週何曜日というふうに決めることもありますし」

「そうですか。冴子が親権をとったら、当然、樹里の生活費とか学費とか、冴子が負担することになりますよね。そうしたら、樹里はお金の心配をせず、部活も習い事もできるし、大学にも大学院にも行けるのかな……」

今後のことを相談してから愛里は帰っていった。冴子とその弁護士に対して改めて事情を説明し、訴えを取り下げてもらうための交渉をすることになる。

「あの、先生、大丈夫ですか？」

茶器を片付けながら、聡美がのぞきこんできた。「顔色、よくないですよ」

洟(はな)をすする。「ああ、ごめん」裏返った声が出た。

「うん、大丈夫。ただちょっとね。またこのパターンかと思って、がっくしきちゃったんだよね」

鼻声を誤魔化すように笑った。

「またこのパターン、ですか？」

「うん。愛里さんね、きっと一人で家を出て行くよ。冴子さんと樹里ちゃんが養子縁組して、二人で暮らす。そうなると思う。子供を絶対に手放さないタイプの親は、良くも悪くも、絶対ぶれないから雰囲気で分かるんだよね。愛里さんは迷ってる。自分が身を引いたほうが樹里ちゃんのためになるんじゃないかって。樹里ちゃんは樹里ちゃんで、自分の存在が愛里さんの邪魔になると思ってる。二人は相手を思いやった結果、別れて暮らすことを選ぶんだろうな」

「どうにかならないんですか？　法律の抜け穴みたいなのをついて、ドーンッと」

聡美が子供みたいなことを言うから、思わず頬がゆるんだ。

「スーパーマンみたいな弁護士がさ、『法律をこう使えば解決です！』って言って、みんなを幸せにしてくれたらいいのにね。現実では、そんなことできない。毎回無力だなあって思うよ」

でも、できる仕事もある。

愛里が出て行く選択をしたとしても、面会交流の約束だけはきちんと取りつけよう。涙をこらえる樹里の姿が脳裏に浮かんだ。

もとはといえば、他の子に自分と同じような思いをさせないために弁護士になったんじゃなかったのか。お母さんを解放して、でも自分とのつながりも残せるような。そんな縁切りの手伝いをしたかった。

切りたい縁だけをぴしっと切れる弁護士になれるといいんだけどなあ、と思う。それがなかなか難しい。縁は絡み合っている。ひとつが切れると他のものも切れてしまう。

両親が別々に暮らしているのは悪いことばかりではない。誕生日もクリスマスも二回ある。高校や大学に入ったときも二回祝ってもらえた。

樹里もそれぞれの親からうんと愛情を受けとって育ってほしい。

そのためにも、まずは面会交流の取り決めをしっかりしよう。

それに、面会交流の場所や日時は自由だ。

年に一度、ロックフェスの日だけは三人でおそろいのTシャツを着て、集まることだってできるだろうか。

「こーんなに大きいおにぎりを食べて」と手を広げて見せた樹里の姿が浮かぶ。大きい声を出すのが気持ちいいのだという。

樹里ちゃん、来年も大きいおにぎりを食べて、大きい声を出せるようにするからね。この日だけでも樹里にとっての家族に戻れるように。

Tシャツを着て会場を飛びはねる樹里の姿を想像すると、力がわいてきた。

うーんと伸びをして、

「トメ吉ィー、ハネ太ァー」

と愛猫の名前を呼びながら、執務室に戻った。


デスクについたところでちょうど電話が鳴った。

市外局番は０８４７と表示されている。

「――法律事務所のマシロと申しますが、松岡法律事務所の松岡先生でよろしかったでしょうか。私、牧田亮介さんの代理人をつとめております。この度は、養育費の減額のご相談をさしあげたくお電話さしあげました。そちら、小山田聡美さんの代理をされてらっしゃいましたよね」

「ちょっと待ってください」

手元にリーガルパッドを引き寄せる。「はい、どうぞ」

「牧田さんには実は、うつ病の診断が下りまして。会社を休職して広島の実家に戻られているんです。収入が減ったので養育費を減額してほしいというのが一点。あともう一点、小山田さんに伝えてほしいのです。牧田さんは復縁を望まれています。虫が良すぎるかもしれないけど、反省して、イチからやり直したいのだそうです」

マシロと名乗る弁護士の声が遠く聞こえた。

書類を持ってきた聡美と目が合う。聡美が不思議そうに首をかしげた。

第五話　またいびりたくば鎌倉までおいで

1

待ち合わせに指定されたパーラーは、日比谷駅からすぐのところにあった。

腕時計を見ると、時刻は午後五時ぴったりである。約束の時間に間に合って、聡美はほっと胸をなでおろした。

「このへんはよく来るから大丈夫」という紬先生の言葉を信じたのが間違いだった。

紬先生は日比谷駅の地下改札を出て、いきなり間違った方向に足を進めた。十五分ほどうろうろして、なぜか有楽町駅にたどり着いた。地上に出てからも、目的地とは反対側の銀座方面に歩きだそうとする。

さすがにおかしいと思って、聡美がスマートフォンの地図を見て、やっと店にたどり着いたのだった。

緊張しながら店内を見回した。床には古風な赤いタイルが敷きつめられ、天井からランプがさがっている。

客はまばらだ。談笑している高齢女性が二人、スケジュール帳を開きスマートフォンを耳に当てている営業職らしい男性が一人、パソコンで作業している女性が一人いるだけだ。

「向こうはまだみたいだね」

紬先生は腕を組み、やけに堂々とした口調で言った。今さっきまで散々迷子になっていたというのに、店に着いた途端、我が物顔で聡美の前に立ち、出てきた店員に向かってにこやかに話しかける。

「あとから人が来るので、合わせて三人か四人です。ボックス席、空いてますか？」

ちょうど奥のボックス席が空いていた。腰かけて水を飲むと、聡美はやっと人心地がついた。着なれないジャケットを着てきたせいで肩が凝っていた。

アイスコーヒーを注文して、ミニタオルで額を押さえる。

九月に入ってもまだまだ暑い。都心に来るのは久しぶりだった。駅周辺を歩き回っただけでもぐったり疲れてしまった。

「紬先生はこのあたり、よくいらっしゃるんでしたよね？」

無駄と分かっていながらも、一言嫌味を言おうかと思った。

紬先生はこちらの意図を解していないのか、「いやあ、よく来るけど。来るたびに迷うね」と涼しい顔で言った。灰色のノースリーブワンピースに薄手のカーディガンを引っ掛けた姿で、見た目も涼しげである。

「裁判所は霞ケ関駅の出口の目の前にあるから、さすがに迷わないんだけどね。日比谷公園のこっち側はなかなか分かりづらいよ」

聡美は嫌味を言う気力も失せて、ため息をついた。紬先生は出てきたアイスコーヒーをすすりながら、呑気に付け足した。

「どうも、先方の間城先生は、広島から泊りでこっちに来てるみたい。取ってるホテルがこのへんなんだろうね」

十分ほど経ってから、間城はやってきた。

五十代半ばくらいの男だ。パンパンに膨れたリュックサックを背負っている。ややサイズの大きい背広を着て、黒い運動靴を履いていた。

店の入り口できょろきょろしているので、紬先生が手を挙げて合図を送った。

「すみません。お待たせしました」

何度かお辞儀をしながら間城が近づいてきた。

「期日が長引いてしまって、遅くなりました。申し訳ありません」

間城は丁寧に頭をさげた。人のよさそうな垂れ目のまわりには、深い笑い皺が刻まれている。弁護士というより、小学校の校長先生や、保育園の園長のような印象の男だった。

聡美の目をジッと見て、

「聡美さんですね。本日は裁判所近くまでご足労頂きまして、誠にありがとうございます」

と言って、また頭をさげる。

「お電話でも少しやりとりさせて頂いていますがね、養育費の算定のことでご相談さしあげたくて、このような席を設けさせていただきました」

通りかかった店員に顔を向け、

「あ、すみません、ホットコーヒーをひとつ、お願いします」

と頼むと、間城はリュックサックから大学ノートとボールペンを取りだして、改めて聡美たちのほうに向きなおった。

「現在、養育費として亮介さんから月額十五万円をお支払いしています。お母さまが幼いお子さんを育てていらっしゃるわけですから、父親として当然、このくらいはお支払いしなくてはならぬと、亮介さん自身もご納得されておりますし、私も同様に思います。離婚当時、私は亮介さんの代理人ではなかったため、あくまで引継ぎで確認した内容ですが……離婚当時、聡美さんは専業主婦でいらっしゃって、収入がなかったと伺っています。他方、亮介さんは年収一千万円超ですから、算定表に従って計算してもそれなりの金額になりますし、離婚原因が亮介さん側にあったことも加味して、やや上乗せした金額をお支払いしております。他のご家庭と比べる必要もないのですが、まあ一般的な離婚と比べると、比較的良心的な額をお支払いできているかと思います」

間城は聡美の顔をのぞきこんで、にっこり笑いかけた。

聡美は思わずうなずきそうになったが、ぐっと我慢する。誠実そうな間城の話しぶりに引きずられてはならないと思い直した。

事前に紬先生からも、「まずは代理人同士で話をするから」と言われていた。

「最後までお話しになったらどうですか？」

紬先生が営業用の笑顔を崩さずに言った。駅からすぐの店にたどり着けないくせに、交渉のときだけしっかりしている。

間城は「では、そうさせていただきます」とさらに笑顔で返し、「分からないことがありましたら、途中でも聞いてくださいね」と付け足した。

「先日、松岡先生にお話ししたように、亮介さんは、先々月から会社を休んでおります。仕事も忙しく、また今回の離婚のこともありましたし、本人なりにストレスを感じて、かなり追い詰められていたようです。病院ではうつ病と診断されておりまして、一度しっかり休んで、立て直そうというふうに、本人も心の整理をつけたところです」

間城が話すと、亮介が聖人君子のように聞こえるから不思議だった。亮介がうつ病だなんていまだに想像ができなかった。仕事の忙しさがたたったのかもしれないが、離婚のことでストレスがかかったとは思えなかった。

亮介と最後に会ったのは六月のことだ。先々月、つまり七月から休職しているとなれば、六月頃はうつ病で辛かった時期に違いない。だが、少し会って話した限りでは、ややくたびれている印象があっただけで、ストレスで追い詰められている感じではなかった。

「正確に言いますと、最初の九十日間は、病気休暇というかたちで、給与も満額受け取っておりました。が、来月以降、正式に休職ということで、給与の八〇％しか受け取ることができません。その期間も六カ月ほどです。それ以降は無給となってしまいます。他方、聡美さんのほうは離婚後に就職なさって、今は年収三百七十万円とお伺いしております。こういった事情の変更を受けて、養育費の金額をこのように変更させていただきたく存じます」

間城はリュックサックからクリアファイルを二つ取り出し、聡美と紬先生の前にそれぞれ置いた。

クリアファイルの中にはＡ４サイズの紙が一枚入っている。

『直近六カ月：月額八万円
七カ月目以降：月額五千円』

聡美は記載されている金額を見て、固まってしまった。すぐには事態がのみこめなかった。紙を持つ手が震えた。

金額の下には、細かい数字と計算式が載っている。目がちかちかして、頭に入ってこない。

「あのっ」

混乱しながらも、つい言葉が口をついて出た。

「五千円って、どういうことですか？　こっちは平日は働いて、家にいるときはずっと子供の世話をして、保育園の費用も払って、食事を用意したり、服を用意したり……全部やってるんです。それなのに、父親は月に五千円を払って終わりって。子育てはサブスクリプションじゃないんですよ」

「重々承知しております」

間城は再び深く頭をさげた。

「しかし、七カ月目以降は、亮介さんも給与がなくなってしまいます。いくつか金融資産をお持ちなので、その配当額から最低限の食費を引いて、こちらの額になっているんですね。現実問題として、こちらの額が精一杯なのです。おっしゃることも分かりますが、何卒、ご理解いただいて——」

紬先生が口を挟んだ。

「亮介さん、会社の休職制度は、いつまで利用できるんですか？」

間城はけげんそうな顔で紬先生を見て言った。

「一応、三年間ということになっています。ですが、どのくらいで病気がよくなるのか、見込みはたちませんので……」

「貯金もあるでしょう。復職の可能性がある以上、従前の収入の前提でお支払いいただき、一年、二年と経過しても回復しない場合に減額するべきではないですか？」

「しかしですね、わざと収入を低くしているとか、働けるのに働かないとか、そういうことではないんですよ。ですから、実際の収入と異なる収入を擬制するような事例ではないんです。そこはご理解いただかないと」

間城と紬先生は、しばらく押し問答を続けた。「算定表」「基礎収入」「職業費」「生活費指数」など、専門用語が飛び交う。

聡美も会話の内容の半分ほどは理解できた。仕事で度々、養育費の計算をしてきたからだ。算定表に従って計算すると、充分な額にならないことも多い。しかもせっかく合意しても、実際には一円も支払われないこともある。母子世帯でいえば、養育費を受け取っていない家庭は全体の七割にものぼる。

「どうかご理解いただきたいのです」

間城は懇願するように言った。

「世の中には、何も言わずに支払いを止めてしまう人も多い。けれども亮介さんは、ご自身も辛い状況の中で、こうして代理人を通じて話し合いの場を設けて、減額をお願いしている。彼なりの誠意なんです。ご本人は、本心では聡美さんとやり直したいとおっしゃっています。ですが、ただ戻りたいと言っても信用してもらえない。ですから、まずはきちんと責任を果たしたいとのことです」

間城の言葉にハッとした。そういう考え方もあるのかと素直に思った。

離婚当初は、急に支払いが止まることも覚悟していた。毎月きちんと養育費が支払われることからは、亮介なりの良心が感じられた。離婚には至ったものの、結婚したこと自体を後悔せずにすんでいた。その心理的影響は意外に大きかった。

今回も勝手に減額せずに、減額のお願いをもちかけてきたのは、確かに誠実な対応だと思えた。

「あの、亮介がやり直したいって言ってるのは、本当なんですか？」

「はい、ご本人はそうおっしゃっています」

「それはちょっと信用できません。不貞行為とモラハラが原因で離婚したんです。私のことを、『女としては終わってる』とか、『あいつ頭悪いから、息子も馬鹿になりそうで怖い』とか、散々コケにして」

「こう言っては何ですが」間城は声を落とした。「離婚後、不倫相手ともうまく行かず、仕事と家の往復、家に帰っても誰もいない。そういう状況に陥って初めて、元奥様のありがたみを感じる。身勝手な話ですが、そういう男性も多いのですよ。それで改心してヨリを戻して、以前より平和な夫婦生活を営んでらっしゃるカップル、何組も知っています。もちろん、聡美さんご自身の気持ちを第一にするべきだと思いますが、一度亮介さんの状況をその目でご覧になっていただくと、良いかもしれません」

「……と、いうと？」

「こちらです」

間城は、先ほど渡した紙の下の方を指さした。

養育費の提案額に気を取られて気づいていなかったが、その下に「広島県世羅郡……」で始まる住所が記載されている。

「亮介さんのご実家、これまで訪ねたことがなかったでしょう？　一度、足をのばしてみませんか。必要でしたら、私も同行いたしますから」

間城の目は真剣な色を帯びていた。その迫力におされて、

「ちょっと、考えてみます」

と返す。

結婚が決まったとき、実家にあいさつに行こうと聡美から提案したこともある。しかし亮介は「必要ない」と言い張り、絶対に首を縦に振らなかった。あまりに反対の意思が強そうなので、結局亮介の実家には行けずじまいになっていた。

離婚してから訪ねるのも奇妙だが、どこかで話し合いの場を設ける必要はあるだろう。

間城と紬先生のやりとりはさらに十五分ほど続き、聡美たちは一旦提案を持ち帰ることになった。

間城が去った後、紬先生がため息をついて言った。

「本来であれば、間城先生は家庭裁判所に調停の申し立てをするはずなんだけど、そうすると、相手方の住所地の管轄裁判所に申し立てなきゃいけないんだよ。今回の場合は、横浜家庭裁判所ね。でも亮介さんも代理人の間城先生も広島に住んでるでしょ。なかなか出てこられないし、話し合いで片をつけたいんだろうね」

「それじゃ、私たちが話し合いを拒んで、調停に持ち込めば、私たちに有利ですか？」

前のめりになって聡美が訊く。

紬先生は首を横に振った。

「調停になれば、算定表を前にあれこれ言うわけで。形式的に判断されると、こっちが不利だよ。向こうはうつ病の診断書とか休職証明書とかを出してくるだろうし、一方でこっちから出せる新資料はないから。そう考えると、向こうが話し合いで済ませようとしてるのは、こっちにとってもいいことだね」

腕時計を見ると、午後六時を過ぎていた。息子の翔は、両親に預けている。帰る頃には寝ているだろう。

「ご飯、食べてこうよ。ここのフルーツサンド、美味しいよ」

という紬先生につられて、ナポリタンとフルーツサンドを追加注文した。

ナポリタンは昔ながらの味、フルーツサンドは確かに美味しかった。パンはフワフワしていて、生クリームは甘すぎない。巨峰、いちじく、マスカット、柿に栗。季節の果物が少しずつ入っている。

美味しいものを食べていると、話し合いで乱された気持ちが落ち着いてきた。これからのことはなるようにしかなるまいと腹が据わる。

多少すっきりした気持ちで店を出ると、紬先生が駅とは反対側に足を踏み出した。

「先生、こっちです」

すでに見えている地下鉄の出入り口を指さして、聡美は言った。

2

二週間後の朝八時、翔を保育園に預けると、その足で北鎌倉駅に向かった。きりっとした空気が漂う秋の朝だった。

ヒグラシの鳴き声もすっかり止んで、夜にはスズムシやコオロギが鳴くようになった。東衛寺のまわりでは野葡萄（のぶどう）が実をつけている。

数羽のモズが聡美を追い越していった。ちょうど今はなわばり争いをしている時期だ。あと一、二カ月もすればば争いは終わり、なわばりを誇示するように高鳴きをはじめるだろう。

紬先生はすでに改札前にいた。大ぶりのボストンバッグを重そうに肩にさげている。

「お待たせしました」一礼して、「こちらをどうぞ」と切符をさしだす。

広島までの旅程は、全て聡美が組んでいた。

新横浜駅からのぞみに乗ると、午後一時前に広島駅につく。ロッカーに荷物を預け、駅併設のショッピングモールで広島つけ麵をかき込んだ。つるつるとした麵に辛みのあるゴマダレがよく絡んで美味い。きゅうりとネギを入れると、口当たりがさっぱりした。

午後二時、駅前のロータリーに間城の車がやってきた。そこから一時間ほど車を走らせたところに、亮介の実家があるという。

繁華街を通る県道を進み、高速道路に乗る。二十分ほどで山陽自動車道に移り、さらに二十分ほど走って県道におりた。あたりの景色は急にのどかになった。禿（は）げた山肌とまだ銀色に細く揺れるススキの間を片側一車線の道路が走っている。

フルーツロードと呼ばれる広域農道を通ると、間城は車の窓を開けた。すると周囲のどこからともなく、映画『となりのトトロ』のオープニング主題歌「さんぽ」が聞こえてきた。

「時速六十キロで走ると、走行音が音楽に聞こえるようにできてるんですよ」

間城は自慢げに言って、アクセルを踏んだ。

車は坂道を登っていく。峠を越えたところで、ちょうど「あるこう」という有名なメロディパートにさしかかり、眼前に一面の梨畑が広がった。太陽の光を受けて、黄金の玉のように梨が輝いている。

こんな美しい田園地帯で亮介は育ったのかと思うと意外だった。

亮介は出会った頃から、東京の地名や店をよく知っていた。身のこなしも都会的で、服装や髪形、持ち物も垢ぬけていた。その洗練された雰囲気に、聡美も魅かれたのを覚えている。

出身地を訊くと、

「広島だよ」

とだけ答えたので、広島市内の街中で育ったのだろうと思っていた。

だが実際は、豊かな自然に囲まれた土地で高校卒業まですごしていたらしい。大学進学とともに東京に出てきて、必死に都会人になりきったのかもしれない。そのメッキを聡美は妄信していた。結婚前の交際期間を含めても、亮介とは四年間一緒にいただけだ。知っているようで、本当のところは何も知らなかったような気がした。

午後三時すぎ、横に広い二階建ての木造家屋の前で、車が速度をゆるめた。表札に「牧田」とある。

車を降りると、間城が先に立ってインターホンを押した。

聡美は自分の鼓動が速まっているのを感じた。紬先生もついている。交渉という点では緊張する必要はない。だが、想像以上に弱った亮介の姿を目の当りにしたら、気が動転してしまうかもしれない。

「はあい」と女の人の声がした。

玄関から、六十歳前後に見えるやせた女性が顔を出した。亮介の母、元子(もとこ)だった。ゆるいジーンズに洗いざらしたトレーナーを着て、腕まくりしている。

約三年前の結婚式で見たときよりも髪がぺたんとして、さらに貧相な印象だ。落ちくぼんだ目で聡美たちをきょろりと見て、

「どうも。遠いところまでご足労いただいて……」

と頭をさげた。

促されるままに家に入る。古びたフローリングは、スリッパの上からでも冷たく感じた。畳敷きの居間に案内され、ニスの剝げかかった座卓についた。人数分の座布団が用意されていた。

散らかっているわけではないが、物が多くて、気が散る部屋だった。

十畳ほどの空間に、ソファが二つある。ストーブと扇風機がどちらも出ている。籐(とう)製のボックスが二つ積まれ、その横の棚には、だるまやぬいぐるみ、数年前の卓上カレンダー、

「粗品」の熨斗（のし）がついたままのタオルなどが規則性もなく収まっている。

何よりも、正面に置かれた薄型テレビの大きさに圧倒された。ゆうに四十インチ以上ありそうだ。

「ああ、これですか？」

聡美の視線を察したように、元子が言った。

「うちのお父さんがね、何年かに一度、気が狂ったように高い買い物をすることがあるんですよ。といっても、あの人は普段は家におりませんから、安心してください」

聡美は戸惑いをごまかすように微笑んで、うなずいた。

亮介からは、父親はすでに他界していると聞いていた。結婚式にも来ていない。牧田家の家庭事情には触れにくい雰囲気があったので、披露宴では家族紹介のナレーションも入れなかった。

元子は立ち上がり、台所と思われる隣室に行って、急須と湯飲みを載せた盆をもって戻ってきた。

間城は茶に口をつけて、

「あのう、今日は亮介さんは？」

と訊いた。

元子は背を丸めて、「すみません」と、申し訳なさそうにうつむいた。

「今日は調子が悪くて、起きあがってこられないんです。二階の部屋で横になっています。調子がいい日は外で散歩もできるんですけど」

「そうでしたか。体調には波がありますねえ」

間城によると、これまでも約束した面談がキャンセルになることもあったそうだ。朝方はつらいことも多いが、夕方近くからなら体調がよくなる傾向にあるという。

「ここ最近は調子がよさそうだったので、今日は大丈夫だろうと思って、聡美さんたちをお連れしたのですが」

元子は恐縮しきった様子で、

「せっかくいらっしゃったのに、本当に申し訳ありません。亮介の様子だけ、見ていかれますか？　本人は、弱っているところをあまり見られたくないようですが、そんなことも言っていられませんので……」

三人の視線が聡美に集中した。

うつ病でつらい状況の中、人と会ったり、人に見られたりするのは嫌だろう。

「いいえ、大丈夫です。ストレスをかけて、症状を悪化させると良くないですし」

と言った。半分は本心だったが、もう半分は言い訳だった。本当は、亮介の弱っている姿を見るのが怖かった。

「聡美さん、あの子が迷惑をかけっぱなしで、本当にごめんなさい。結婚しているときから、色々と難しい子だったでしょう？」

元子が含みのある目で聡美を見た。

「難しい……ですかね？」

元子の言葉の真意がつかみきれていなかった。

「うちのお父さん、酒を飲むと人が変わるのよ。最近はさすがに年を取ったからあんまり暴れることもないですけど、若い頃はひどくて。散々、殴られたり蹴られたり、髪をつかんで引きずりまわされたりしてね。私がいるときは私に向くからいいんだけど、私が働きに出ているあいだは、亮介にも……」

元子はそっとうつむいた。

「私が守ってあげられなかったせいだと思います。ひどく無口で、不機嫌で、気難しい子に育って。結婚が決まったとき、亮介はお父さんにも私にも、聡美さんを会わせようとしなかったでしょう。家庭のことがバレたら、破談になるかもって思ってたんでしょうね。今だから言えるけど、あの子と結婚して、聡美さん、苦労なさるんじゃないかと、私、心配していたんです」

すぐには反応できなかった。

亮介は仕事でも、聡美の前でも無口ではなかった。弁が立ち、明るく、自信満々に進んで人前に出るような人だった。結婚してからは確かに不機嫌に当たり散らされることもあった。ひどいことを言われたし、浮気もされた。だが、暴力を振るわれたことはない。亮介自身が虐待を受けていたという話も初耳だった。

「亮介さんは、高校卒業まで、こちらのお家にいらしたんですよね？」

「ええ、そうです。あの子が大きくなってからは、お父さんとは取っ組み合いの喧嘩をするようになりました。大学で東京に行ってからはほとんど帰ってきていません。満足に学費も出せませんでしたから、自分のバイト代と奨学金で工面して、大変だったと思います」

働きはじめて数年で奨学金を返しきったという話は聞いたことがあった。奨学金の返済もあるから、年収の高い職場を選んだという。

彼の上昇志向がどこから生まれたのかを垣間見た気がした。同時に、彼が隠しておきたかった一面も見てしまった。自分の過去を断ち切って、本人なりに精一杯、まっとうな道を行こうとしていたのかもしれない。

「一応、お伝えしますけど、亮介さん、暴力はなかったですよ。そういうのは世代間で連鎖するとよく言いますから、もしかしたら、それを心配なさって、この話をしていただいたのかなと思うんですけど」

先ほど元子が向けた含みのある視線が気になっていた。

「そうですか。それなら良かったです」元子が寂しげに微笑んだ。「あの子なりに思うところがあったのかもしれませんね」

隣で間城がうなずく。居間にしんみりとした空気が流れた。話題の持って行き場に困り、聡美は冷めたお茶をすすった。

「それでは、私たちはお暇いたしましょうか?」

間城が言い、聡美も腰をあげようとしたところで、これまでずっと黙っていた紬先生が、

「あっ、ちょっと待ってください」

と言った。

周囲の視線がじっと紬先生に注がれる。それを全く意に介さないマイペースな調子で口を開いた。

「何点か確認させてください。あのう、お母様は、今は働かれていらっしゃいますか?」

紬先生は可愛らしく小首をかしげて訊いた。

元子は虚を衝かれたような顔で紬先生を見る。

「えっ、はい。地銀に長く勤めておりまして。今日は有休をとっておりますが」

「今、おいくつですか?」

「五十九歳です」

「ということは、来年定年で、退職金を受け取られるんですね」

「はい……そうですけど」

「松岡先生」間城が割って入った。「お母様は今、看病で疲れ切ってらっしゃる。そういう話はまた後日――」

「いえ。間城先生のお話によると、亮介さんの回復の見込みはまだ立たないとのことでした。でしたら、後日であればお母様の負担が軽くなっているとも限りませんし、日を改めて時間を作っていただくのも、逆にご負担ですから」

紬先生はけろっとした顔で言った。

聡美は目を見開いて、固まったまま紬先生を見た。

亮介の実家を訪ねようと思うと告げたとき、紬先生は「いいじゃん。私も行っていい?」と軽い調子で言った。その真意を深く考えていなかったが、今やっと理解した気がした。

養育費の算定にあたって、通常、祖父母の年収は考慮されない。だがそれはあくまで法律上のことだ。交渉によって支援の約束を取り付けることは可能だ。

「お母様、地域限定の採用ですか？」

「はい」

「役職は？」

「係長級ということになっていますが、庶務ですから」

「そうすると、年収は六百万円くらいですかね」

「いえ、五百万円ちょっとですけども」

「松岡先生」間城が再度割り込む。「お母様の年収は、私たちの話し合いの内容と、特に関係がないですよね。あまり踏み込んだことを訊かれるのは、ちょっと失礼かと思いますよ」

「いいえ、関係は大いにありますよ。お母様、ここにいる聡美さんは、亮介さんの子供、お母様からするとお孫さんを女手一つで育てています。経済的に楽ではありません。それでも、亮介さんから養育費をいただいていたおかげで、何とか暮らしておりました。今回、亮介さんが病に倒れたことで、その息子の翔君まで困窮しかねない状況です。夫婦は離婚して他人になるかもしれませんが、子供はそうではありません。子供が困っているなら、周囲の大人たちは助け合っていくべきではないでしょうか」

紬先生は立て板に水のように話し続けた。

「お母様ご自身の生活もあるでしょう。特に今は亮介さんを支えなくてはならないですし。無理のない範囲で構いません。でも少しだけでも、お孫さんのために、できることをしていただけませんか」

「はあ……」元子は目を丸くして、聡美を見た。「それほどまでに困窮なさっているとは、存じあげませんで……」

「さあ、もういいですね。本日はこれで失礼します」

間城が立ちあがった。

「松岡先生、何か要求がある場合は、代理人の私を通じておっしゃってください。直接交渉されるようだと、それはちょっと、懲戒ものですよ」

釘を刺す間城に対して、紬先生はにっこり笑いかけた。

「いえいえ、直接交渉なんてとんでもない。こうして間城先生も交えた話し合いの場じゃないですか。でも、急なお話ですとお母様も混乱されるでしょう。本日は失礼いたしましょうかね」

帰りの車の中の雰囲気は最悪だった。

間城は明らかにイライラしているようだった。対する紬先生はどこ吹く風といった感じで、のんびり外の景色を見ている。聡美は居心地悪く、静かに黙っていた。

頭の中には「鈍感力」という言葉が浮かんだ。紬先生は鈍感だ。天然なのかとも思ったが違う。もっとふてぶてしくて堂々としたおおらかな何か。鈍感というほかない。

日が落ちる頃、広島駅のロッカーから荷物をとり、駅前のビジネスホテルに入った。夕食はそれぞれにコンビニで買ってあった。

ホテルの廊下で別れ際、紬先生がぼそりと言った。

「小山田さん、これは代理人としてというより、一個人としての意見だけど」

一瞬言い淀んでから再び口を開く。

「亮介さんとヨリを戻すかって話、慎重に考えたほうがいいよ。亮介さんは実家が嫌いなんでしょ。暴力的なお父さんがいつ帰ってくるかも分からないし。うつ病になって、実家にいるのが嫌だから、聡美さんに引き取ってもらおうって魂胆じゃないかな。ごめんね、さしでがましい意見かもしれないけどさ」

気まずそうにあごをかいている。人からの視線には鈍感なわりに、こんなときは色々と気を遣うのだから不思議な人だ。

「いえ、大丈夫です。私もうすうす、同じようなことを考えていました」

「そっか。ま、とりあえず今日は疲れたし休もう」

と言ってニッコリ笑う。可愛かった。聡美の肩をぽんぽんと叩いて、部屋に入っていく。

聡美の部屋は隣だ。入って荷物を置くと、聡美はごろんとベッドに転がった。

一日で色々なことを知り、頭の整理がついていなかった。漫然と考え事をしているうちに、買ってきた夕食を口にする間もなく、眠ってしまった。

3

渋谷駅を出ると、目の前に広がる人混みにたじろいだ。冷たい小雨が降っているのに、傘をさすのもはばかられる混みようだ。

シルバーウィークの最終日だからだろう。行楽帰りと思われる大荷物の家族連れや、一つの傘に身を寄せ合って歩くカップル、ショッピングバッグを手に提げた女の子たちが、右から左から歩いてくる。

　聡美はパーカのフードをかぶって、人波をぬうように歩き出した。目的地は駅からすぐのところにあるセルリアンタワー東急ホテルだった。

　ラウンジには、三十代前後の男女が何組も、向かい合って座っていた。男性はシャツにジャケット、女性はワンピースを着ている者が多い。

　お見合いが何組も行われているのだと気づき、聡美は一人苦笑した。

　世の中には、結婚を望む男女がこんなにいるなんて不可解だった。聡美の場合、一度結婚したものの短期間で終わった。しかも離婚後も養育費をめぐって交渉ごとになっている。結婚を夢見る男女に向かって、「結婚って、そんなにいいものではないよ」と苦言を呈したい気持ちがむずむずとわきあがった。紬先生の悪癖（あくへき）がいつの間にか聡美にうつったのかもしれない。

　ラウンジで五分ほど待っていると、すらりとしたスーツ姿の女性がやってきた。

　杉山文子、亮介の職場の後輩である。

「もしかして今日もお仕事ですか？」

　メニューを渡しながら訊くと、杉山は渋い顔でうなずいた。

「子供が少し大きくなって、預けられるところが増えたんで。最近は休日出勤もしてますよ」

　ふっと優しい視線を聡美によこした。

「おたくも、お子さん、ずいぶん大きくなったんじゃないの？」

聡美は「ええ」と言いながら、懐かしい気持ち半分、恥ずかしい気持ち半分でラウンジを見回した。

一年ほど前にも、杉山とこのラウンジで向き合っていた。杉山も聡美も、同じくらいの月齢の赤ん坊を抱いていたものだ。

当時、杉山を亮介の不倫相手だと勘違いしていた。突っかかる聡美に対して、杉山は探偵を雇って調べることを勧めた。

「あのときはぶしつけな態度をとってしまって、申し訳ありませんでした。あれから正式に浮気調査をして、離婚しました。杉山さんの助言のおかげでもあります。改めて、ありがとうございました」

頭をさげる聡美に対し、杉山は半身を引いた。

「私の助言で離婚したわけじゃないでしょ。そんなの、責任とれないですよ」

「もちろん、自分で決めたことです。離婚してよかったと思っています。今は私も働いて、落ち着いた暮らしができています」

「それならよかったですけど」

杉山は店員を呼び止めて、ホットコーヒーを頼んだ。聡美も同じものを頼む。千五百円以上するコーヒーだ。

前回訪れたときも千六百円くらいするオレンジジュースに面食らった。だが今は少し、感じかたが違う。夫が稼いできた金を生活費として渡される感覚と、自分で稼いだ金を使う感覚は、同じようで微妙に違う。それが妙に嬉しい。

「最近はむしろ、なんで結婚したんだろうって思うほどです」

独り言のように聡美はつぶやいた。ちょうど団体客が騒がしく話しながら、席の横を歩いていった。聡美の声は杉山には聞こえなかったようだ。

「牧田さんの会社での様子を知りたいとのことでしたよね？」

杉山が身を乗り出した。事前に事情を説明してあった。

「はい。うつ病で休職したと聞いています。何がきっかけで、どういう様子だったのか、もしご存じでしたら、お伺いしたく」

杉山はいぶかしげに聡美を見た。

「でも……聡美さんが気になさる必要はないと思いますよ」

あなたもう離婚したんだから、という杉山の声が漏れ聞こえるようだった。あるいは、離婚が原因で体調を崩したわけではないから気にすることはない、という意味なのかもしれない。

「分かっています。でももう少し、あの人のことを知りたいんです。そうでないと、結局、私の結婚って何だったのか整理がつかなくて、私も前に進めないものですから」

広島で亮介の実家を訪ねて以来、聡美は釈然としない心持ちを抱いていた。

結婚前の亮介は、魅力的で洗練された男性に思えた。結婚してみると、傍若無人で冷たく感じられた。離婚して清々していたら、本人が隠していたはずの一面を見ることになった。

四年間一緒にいても、二人は全く異なる景色を見ていたのかもしれない。

亮介は梨畑に囲まれた田園地帯で生まれ、暴力をふるう父のもとで育った。一刻も早く実家を出るために勉学に励んだのだろう。上京後、バイト代と奨学金で学費と生活費をまかないながら、さらに勉強した。

亮介が通っていた名門大学だと、経済的に恵まれた家庭で育ち、キャンパスライフを謳歌(おうか)する学生が多かったはずだ。同級生たちを羨ましく思うこともあっただろう。

税理士として働きはじめて、やっと金銭的な余裕ができた。これまでの欠乏感を埋めるように、美味しい店やお洒落なスポットを巡ったのかもしれない。

そんななか、仕事先で出会ったのが聡美だ。

亮介の目に、聡美はどう映っただろう。

さしたる苦労もなく、両親のもとで甘やかされて育った一人娘だ。羨ましい反面、見下してしまう気持ちがあったのではないか。

自分はこんなに苦労して金を稼いでいる。それなのにこの女は——といういらだちが、冷たい言葉になって聡美に投げかけられた。無駄遣いがないか家計簿を一円単位で確認していたのも、欠乏感ゆえの歪(ゆが)んだこだわりだったのだろう。

今になって、結婚していた頃を客観的に見られるようになった。

亮介に対して不思議と腹は立たなかった。

亮介も人間で、彼なりに苦しんでいたというのに、自分はそれを理解していなかった。理解しようと試みたことすらなかった。

「牧田さんが体調を崩されたきっかけ、実は、思い当たるところがあるんです」

杉山が控えめに口を開いた。

「二年ほど前、私たちのチームに新しい上司が来たんです。その上司というのがかなり問題のある人で……まあ、言ってしまえば、パワハラ上司なんです。言葉が強いだけではなく、意見がコロコロ変わる。Aと言われて仕事をしていたら、翌日には『なんでBにしないのか』と叱責してきたり。私は子供が小さくて時短勤務でしたし、仕事に百%の情熱を注いでいたわけじゃないので、理不尽なことも『ハイハイ』と聞き流せていたのですが、若い子たちはかなりこたえていたみたい」

　運ばれてきたコーヒーに杉山は口をつけ、渋い顔をした。

「牧田さんは器用ですから、その上司ともうまくやっていました。夜な夜な後輩たちを飲みに連れていって、愚痴を聞いてあげたり、フォローしてあげてたみたいです」

　出会った頃に職場で目にした亮介は、決断力があって自信にあふれていた。先輩にいたら頼りになりそうだし、実際に面倒見はいいほうだった。

「後輩たちを飲みに連れていったりってのは、その上司のかたが来た、二年くらい前からってことですよね？」

「そうです。ちょうど私は産休に入っていた時期だから、直接は知らないけど。上司が赴任してきた当初、二年くらい前が一番大変だったようで、その頃牧田さんに助けられたって人は沢山いますよ。それから今に至るまで、ごまかしごまかしやってきたのでしょうけど……さすがの牧田さんも耐えられなくなったんじゃないかな。牧田さんが休職に入るタイミングで、後輩も何人か辞めてしまいました。みんな、我慢の限界だったんですよ」

　杉山には礼を言って別れた。

どっと疲れているのを感じた。気乗りしないが、事情によっては沙也加にも連絡をとって話を聞こうと思っていた。だが今日の話で十分だった。

帰り道、電車に揺られながら、二年弱前、息子の翔が生まれた日のことを思い出していた。

翔が生まれる前日の夜、「後輩と飲んで帰る」と亮介からメッセージが来た。陣痛がはじまっていた聡美は腰痛を訴えたが、「明日病院に行ってみたら」と返信があっただけだ。夜中に一人、病院に駆け込んで翔を産んだ。

そばにいてくれなかった亮介を恨みがましく思っていた。「後輩と飲んで帰る」というのも、外で遊んでくる方便だろうと踏んでいた。

しかし、後輩と飲みに行くのも仕事のうちだったのだろう。亮介には見栄っ張りなところがある。家庭の事情よりも、後輩からの見えかたを気にしただけかもしれない。けれども、その行動で救われた人がいるのは事実だ。

聡美の友人の沙也加と不倫していたのは許されるものではない。だが、仕事のストレスがあったというのは確かだ。離婚して、沙也加とも別れることになり、仕事がつらいうえに家庭生活も崩壊した。心が折れてもおかしくない。

窓の外を流れる景色に、スーツ姿の者がちらほら混じっている。杉山もこれから休日出勤だと言っていた。

働くというのは大変なことだ。聡美も、九時五時の今の仕事でもつらいと思うことがある。総合職でバリバリ働くとなると、一人で抱えきれないストレスがあるだろう。

これまで亮介を真剣に心配したことがあっただろうか。苦い思いが胸のうちに広がった。亮介は優秀でタフで、器用だから、任せておけば大丈夫だと妄信していた。

亮介が家事や子育ての大変さを理解しようとしなかったのと同じように、こちらも亮介の背負っているものを理解していなかった。

自分にも悪いところがあった。

そう思った途端、何かが腹の底にすとんと落ちて、急に視界が開ける感じがした。

今まで心のどこかで、全てを亮介のせいにしていた。独身の頃に勤めていた会社を辞めたのも、離婚して一人親になったのも、子育てと仕事の両立で潰れそうになる日があることも。天災のような大きな不運にまきこまれて、苦労しているような感覚だった。

でも、自分で決めて、自分で動いていたんだった。

北鎌倉駅に降りた頃には、日がかたむきかけていた。涼しい秋の風が吹き、遠くから竿竹屋のアナウンスが流れてきた。

足の裏にアスファルトの固さを感じる。

両親に見てもらっている翔のことを思いながら、夕飯の食材を買って帰った。


翌朝、事務所に出ると、紬先生が机に突っ伏して寝ていた。脇にはエナジードリンクの缶が転がっている。書類の山は崩れそうで、ぎりぎり崩れていない。

一見して徹夜明けだと分かった。最近は仕事が立て込んでいたから、シルバーウィーク中も事務所に出ずっぱりだったのだろう。

「もー、お父さん……」

もぞもぞと動きながら紬先生が寝言をもらした。紬先生の足元でトメ吉とハネ太が丸くなって寝ている。

聡美は苦笑しながら、エナジードリンクの缶を拾い上げ、書類の山を脇に避けた。聡美の動きで起きたらしいハネ太が「ぬあー」と鳴きながら足元にまとわりつく。朝ごはんの時間だと言いたいのだろう。

ハネ太にエサをやっているとトメ吉もやってきた。カリカリと軽快な音を立てながらエサをほおばるトメ吉の背中をなでてやる。控え目にのどを鳴らしているのが可愛い。

気難しいトメ吉が隠れずに出てくるぶん、聡美は懐かれているほうらしい。だが、触れるのはこうしてエサをやっているときだけだ。

階下で物音がしたのでおりていくと、とっつきに出雲が立っていた。

「おはよう」

と言って、右手に持った封筒を掲げた。

二階でガシャンという物音がした。階段をおりる音が続く。振りかえると、紬先生が欠伸をしながら、ぼんやり立っている。

「なんだよ、寝起きかよ」

「起こされた」

「朝一で呼びつけたのはそっちだろ」

出雲は呆れたような声を出しながら、ソファに座った。

聡美はコーヒーを落として、出雲と紬先生に持っていった。二人で打ち合わせでもあるのだろうと思い、立ち去ろうとすると、紬先生から「小山田さんもこっちに」と声がかかった。首をかしげながら、近くに腰かける。

「これ、見てくれ」

出雲が一枚の書類をさしだした。

「不動産登記簿謄本(とうほん)？　しかもこれ……結婚してた頃に私が住んでたマンションのですね」

聡美は書類をのぞき込んだ。

仕事でも何度か見ることがあった。謄本を取りに法務局に行ったこともあるし、郵送で取り寄せたこともある。

「権利部（甲区）」と記されている欄の「権利者その他の事項」の部分には「牧田亮介」と記されている。

だがその下に、「所有権移転」とあり、「タックスアンドテクノロジー税理士法人」と書かれていた。見知らぬ会社だ。

「もしかして、あの分譲マンション、売ったってことですか」

「そう」紬先生がコーヒーカップを置いて言った。「実家に引っ込んでいて今は誰も住んでないから、確かに不要なんだけど、やけに思い切りがいいね」

「で、周辺の不動産に詳しい仲介業者に俺があたってみた」

出雲が身を乗りだした。

「武蔵小杉だろ。最近は人気が高くて、不動産価格も急騰(きゅうとう)しているらしい。数百万単位の譲(じょう)

渡益が出ているはずだ」
「譲渡益からも、養育費を取りましょう。このあいだ会った亮介さんのお母さんの給与と退職金ももちろん押さえる。あと亮介さん、投資信託をやってたりしない？　その分配金があればそれも把握する必要がある。一つ一つは小さくても、取れるところから漏れなく取っていけば、チリも積もって、それなりの額になるんじゃないかな」

　紬先生がにっこり笑って見せた。

　相変わらず皺ひとつない肌だが、寝不足のせいか、目の下が青くなっている。もともと色白なのも相まって、げっそり疲れた印象だ。

　膨大な業務の中で、聡美の案件も進めてくれている。ありがたく感じながらも、決定的な温度差を感じていた。

　ただでさえ弱っている亮介から、お金をむしり取ろうとしているように思えたのだ。

　養育費は子供のためのもので、こちらが受け取る正当性があるのも分かっている。長期的には、翔が高校大学と進学するにつれて教育費もかさむ。亮介の助けが必要な局面も増えるだろう。

　だが今の段階では、聡美一人の給与でも暮らせている。働けなくなった亮介からお金を取るのは酷な気がした。

「せっかく調べてもらったところ悪いのですが、養育費減額の件、向こうの要望をのもうかと思っています」

「えっ、なんで？」

案の定、紬先生は目を見開いて、信じられないという顔をしている。

「もしかして、ヨリを戻すつもりじゃ、ないよね?」

聡美は苦笑いして答えた。

「大丈夫です。不倫のことはやっぱり許せないし、さすがに復縁はないです。でも、ただでさえ大変なときに追い打ちをかけたくないなって思って。これまでだって亮介の大変さに寄り添ってやれなかったから」

「しかしね、それはちょっと、相手に対して優しすぎるんじゃないかな」なぜか出雲が慌てた様子で言った。「今は赤の他人なんだし、そこまでしてやる必要はないだろ」

「亮介が元気になってまた働き出したら、養育費を増額してもらいます。そのためにも、今はお金の心配をせずしっかり休んでもらったほうがいい」

「うーん……」

出雲と紬先生が同時に言った。

二人とも苦々しい顔をしている。互いに視線を交わし、目顔で何か言いあっているように見えた。

紬先生にあごで促されて、根負けしたように出雲が口を開いた。

「俺、もうちょっと調べてみようか? 裏があるような気がしてならないんだ。いくら人気のエリアだからといって、こんなに短期間で不動産が売れるのも珍しい。前々から準備をしていたなら、まだ分かるんだけど。だからさらに調査を――」

「いえ、大丈夫です」聡美は言い切った。「紬先生も、最近かなり忙しいでしょう。この件は忘れてもらって大丈夫です。そのぶん、亮介の体調が回復したときに、また増額交渉をお願いできますか？」

「それはもちろんだけど……本当にいいの？」

聡美はうなずいた。そのまま立ち上がって、カウンターに置かれた郵便物の束を抱える。毎朝の習慣である郵便物のチェックを黙々とはじめた。

出雲と紬先生はこそこそと何か話し合っていたが、気にしないことにした。依頼人である聡美が「もういい」と言えば、それで案件は終了だ。

慌ただしく立ち働いていると時間はすぐにすぎた。紬先生が忙しい時期は聡美も忙しい。一日、二日とすぎるうちに、養育費について考えることもなくなっていた。

4

十五夜の月見をしようと言い出したのは、紬先生だった。

旧東海道の中ほど、現在の東戸塚のあたりに品濃（しなの）坂に続く急勾配の階段がある。その頂上、高台となっているところに馴染みの居酒屋があるらしい。

今年の十五夜はちょうど金曜日だった。五時すぎには仕事を切りあげて一度家に帰り、翔に夕食を食べさせ、風呂に入れてから、東戸塚に向かった。

会場は、木造二階建ての古い建物だった。十年ほど前までは旅館として使われていたという。

紬先生はちゃっかり、二階の座敷席を押さえていた。開け放たれた窓からは、丸い月が浮かび上がるように見えた。

時刻は八時をすぎていたが、紬先生はまだ来ていない。長兄である悠太、父の玄太郎、出雲の男三人が、えいひれ片手に熱燗（あつかん）をかたむけはじめていた。

「おー来た来た！」

早々に酔っ払っているらしい悠太が声をあげた。

「紬は急用ができて遅れるって。始めちゃってるよ」

「月見なのに、お団子じゃないんですか？」

「大人はこれよ」と言って、悠太は嬉しそうに徳利に手をのばす。

テーブルの上には鍋の具材が置かれていた。白菜、豆腐、ゴボウに油揚げ、白滝、シイタケ、牛肉が少しと、きりたんぽまである。だが酒ばかりが進んでいるようで、鍋にはあまり手をつけていない。

聡美が席に着くなり、玄太郎が語りだした。

「月見といえば団子だが、このあたりで食べるなら、むしろ焼餅（やきもち）がふさわしいかもしれない。昔、焼餅坂と呼ばれていましたからな。『運のなさ焼餅坂で追つつかれ』という川柳が残っております。亭主の浮気に焼餅を焼いて、江戸から鎌倉目指して走ってきた女たちは、このあたりに来るともうかなり疲れている。坂でこけてしまって、追っ手に捕まってしまうんだな」

「へえ」感心して聡美は言った。「女が焼餅を焼いて走るから、ここは焼餅坂というんですか」

　玄太郎はいたずらっぽく笑った。

「いいや。江戸から東海道を歩いてきた旅人にとって、このあたりは戸塚宿まであと一息のところだ。休憩のために焼餅を出す茶屋があった。だから焼餅坂。しかし人は物事を、見たいように見るものです。女房が焼餅を焼いて走ったから焼餅坂だと俗説を信じる人もいるかもしれませんな」

　聡美は窓から首を出して、坂の下を見おろす。かなりの急勾配だ。疲れ果てた女の脚がもつれ、転げてしまう様がありありと想像できた。

「だいたいね」興がのってきたらしい玄太郎が機嫌よく口を開いた。「女のほうは焼餅くらいの軽い気持ちで縁切寺に駆け込まないでしょうよ。そりゃもう、色んな感情がごちゃまぜになって、最終的に夫に対しては、ざまあみろという感じですわ。『またいびりたくば鎌倉までおいで』という川柳も残ってるくらいで――」

「親父、その話は今日もう三度目だ」

　顔を赤らめた悠太が口を挟んだ。

「いいだろう。これでもな、母さんのことで反省してるんだよ。お前もな、真紀さんに逃げられないように、言葉を尽くして、労(いたわ)っていかなくちゃ」

「俺は、親父と違って、ちゃんとやってます」

　言いながらも、身体は左右に揺れ、呂律(ろれつ)も回っていない。

「そんなことよりさ、出雲君、君はいつになったら義弟(おとうと)になるんだ？」

「えっ？」出雲は露骨に嫌そうな顔をした。

悠太が出雲と肩を組んで言った。

「こっちは分かってるんだよ。紬と何もないわけじゃないだろう」

「実りのあることは何もないですよ」

出雲が含みのある言いかたをした。

紬先生のことを好いているのは傍目にも分かった。そしてそれが全く実っていないことも。鈍感で、しかも「結婚しない」と明言している紬先生と関係を深めるのは至難の業だろう。

「あいつ、こじらせてるだろ。母さんのことがあったから、気持ちは分からなくもないけど」

悠太の前で玄太郎が目を伏せた。父として責任を感じる部分があるのかもしれない。

「でも、同じ環境で育った俺は結婚して、それなりに幸せな家庭を築いているわけだし、あいつも――」

「放っておいてやってください」

出雲がきっぱりと言った。

悠太は目を丸くしている。聡美も思わず出雲の顔をまじまじと見た。

酔っているわけではなさそうだ。口調も落ち着いていた。

「あいつももう大人です。本人の自由だし、本人の責任。俺にできるのは、見守ることだけですよ」

そう言うと、手にしたお猪口をクイッと空にした。

悠太は揺れるのもやめて、あっけにとられた様子だった。だが数秒経ってから、出雲の肩をぽんぽんと叩いた。

「ありがとう！　ありがとう、出雲君！」

酔っ払いの面倒な絡みに見えるが、悠太なりに真剣な顔で、「そんなふうに言ってくれる人がいて、あいつも幸せ者だ」と言って、出雲を横から抱きしめた。

出雲は悠太から逃れようと腕を動かす。

「そして、君！」

悠太が急に聡美を指さした。

「君もだよ、小山田さん。あんな亮介とかいう男とはきっぱり縁を切って、新しい良縁を探すんだよ」

「はあ、そうですか」酔っ払いの話が飛び火しただけだと思って適当に聞き流す。「良縁、あるといいですね」

「実はね、この会も小山田さんの門出のために、紬が企画したもので――」

「ちょっと」出雲が悠太の袖を引っ張った。

「そうなんですか？」

「いや、気にしないで」

出雲の硬い口調から、紬先生に口止めされていることが察せられた。

悠太が首をかしげた。「まあ、本当ならもっと早く紬も来るはずなんだけど」

「あいつ、道に迷ってるんじゃないか」と玄太郎。

「いやいや、さすがに。こんな大事な日に道に迷うかね、普通」悠太が欠伸をした。

「ちょうど連絡がきました」出雲がスマートフォンを見ながら言った。「急用が長引いているから顔を出せそうにないって」

出雲は他の男二人に目配せをしている。さっさと店を出ろと言っているようだった。

時計を見るともう十一時すぎである。聡美たちは連れ立って店から出た。出雲は片手で酔っ払った悠太を支えながら、玄太郎に何か耳打ちをした。玄太郎がうなずく。

表でタクシーをとめると、玄太郎が悠太を引き取って一緒に乗り込んだ。

「俺たちはもう一台とめて帰ろう」

出雲がやや上ずった口調で言った。緊張しているようにも見える。

玄太郎たちを乗せたタクシーが走りだす。窓越しに玄太郎が親指を突き立て、「グッドラック」のジェスチャーをした。何が何だか分からなかった。

「あ、あのー……」

出雲がポケットに手を突っ込んで、気まずそうに立っている。タクシーをとめる気配はない。

「事務所で働きはじめて、どう？　最近」

「どうって何がですか」困惑してとがった声が出た。

「慣れた？　仕事とか、紬先生とか……」

「はい。おかげさまで。というか帰らないんですか？」

聡美が足を踏みだそうとすると、出雲が通せんぼするように前に立つ。

「あー、その、トメ吉とハネ太の世話、大変でしょ？」

いよいよ何の話か分からなくなってきた。

「トメ吉は気難しいところがあって紬先生にしか懐いていませんけど、ハネ太はみんなにフレンドリーないい子ですよ。世話が大変ってことはないし……あっもしかして」

紬先生との仲を取りもってほしいという依頼じゃないだろうか。それを頼もうとして、もじもじしているのだ。それならそうと言えばいいものを。

「なんですか。紬先生のことですか」

呆れた声が出た。

「いや、違うんだ。なんていうか――」出雲は腕時計を見た。

「今日はもう遅いですから、何かあったら事務所で言ってください」

と言ったところで、「アッ」と声が出た。

品濃坂の下、街灯に照らされたところに見覚えのある人が立っていた。

しかし、あり得ない。

聡美は目をこすって、もう一度そこを見た。

やはり、いる。見慣れたスーツ姿だ。

亮介がぬっと、こちらを見上げるように立っている。目があった気がした。

その瞬間、亮介が逃げるように駆けだした。

「亮介！」背中に向かって声をかける。

「出雲さんは、帰っていてください」

そう言い残すと、聡美は坂の階段に向かって走りだした。

一段一段が急で、足を取られそうになる。両腕を広げてバランスを取り、必死に駆けおりる。

どうして追いかけているのだろう。自分でも分からなかった。でも今、彼を逃してはいけない気がした。

亮介との距離はどんどん広がっていく。

頭の中は疑問でいっぱいだった。

亮介は広島にいるはずだ。どうして東戸塚にいるのだろう。起きあがれないほどに体調が悪い日が続いていたはずだ。久しぶりの外出で、あんなに速く走れるものだろうか。幽霊でも追うような気分だった。

足がもつれてつんのめる。脇の石垣に手をつき、転倒寸前のところでバランスをとろうと踏ん張った。一呼吸いれて再び駆けおりはじめる。

階段をくだりきった頃には、亮介は先の路地へと入っていた。

「待って！」

一声叫んで、亮介が消えた路地に飛び込む。

息はあがっていた。最後に走ったのはいつだか思い出せない。心臓がバクバク鳴る音が聞こえた。

東戸塚駅のほうに向かっているようだ。あたりをつけて道をショートカットし、全力で走りぬける。聡美の予想は当たっていたようだ。

駅前のロータリーに続く高架歩道の先に、亮介の背中を見た。

「待ってってば！」もう一度叫ぶ。

帰宅途中と思しきサラリーマンが数人、こちらを振りかえった。トレンディドラマみたいだな、と思った途端、一年ほど前に北鎌倉駅で亮介から逃げて走ったのを思いだした。

今は立場が逆転して、聡美が追いかけ、亮介が逃げている。

息は苦しいのに、笑みがもれた。絶対逃がすものかと思った。

息も絶え絶えになり、さしこみを感じながら走る。そろそろ限界が近いと思っていた矢先、階段をおりる手前で亮介が急に立ち止まった。

「亮介……なんでここにいるの？」

やっと追いついて、呼吸を整える間もなく声をかける。

観念したように亮介が振り向いた。気まずそうに、斜めにこちらを見ている。亮介もハァハァと息を吐いている。

その肩越しに、紬先生が立っているのが見えた。

「先生！」

紬先生は、白っぽいワンピースにトレンチコートを引っ掛け、ショートブーツをはいていた。コートのポケットに両手をつっこんで、亮介に一歩近づいた。

「牧田さん、こんなところでバッタリお会いするとは、ご縁がありますね。お元気そうで何よりです」

蛍光灯に照らされた亮介の顔は気色ばんでいる。体調が悪そうには見えない。

「亮介、広島で静養してるんじゃなかったの？　どうしてここに？」

亮介は青筋を立てて、じろりとこちらをにらみつけた。

「お前には関係ない」

紬先生がにやりと笑った。

「タックスアンドテクノロジー税理士法人の川野（かわの）代表に呼び出されたんですよね？　急ぎの用だからとにかく来てくれと言われたんでしょう。秘書の女性を通じて……まあ、川野代表に秘書なんていませんが」

亮介は目を見開いた。あぜんとした表情で紬先生を見つめている。

紬先生はその視線を意に介さず、聡美のほうを見た。

「小山田さん、この通り、牧田さんはピンピンしてるわけよ。後輩たちが独立して、新しく税理士法人を立ちあげたのよ。牧田さんも、その法人に参画するつもりだった。けれども、自己都合の独立の場合だと、年収が下がっても、養育費は下がらないことがある。だから仮（け）病（びょう）で一旦休職して、養育費を減額したうえで、新しい仕事につこうとしていた。あわよくば、そのまま養育費の支払いから逃れようという魂胆だったのかもね」

亮介は何も言わない。ポケットに手をつっこみ、あらぬほうを見ている。

それが答えだと思った。違うなら違うと、すぐに言うはずだ。

「自宅マンションを法人に売ったのは、社宅にして節税するためでしょう？　不動産登記に法人名が載っていたのを見て、ピンと来たのよ。法人登記からたどっていくと、設立者はあなたの後輩たちだと分かったわ」

「何か勘違いしていませんか」

亮介が口を開いた。小馬鹿にするような鼻にかかった口調だった。

「僕の病気については、病院から診断書をもらっています。会社は正規の手続をとって休職している。職場復帰を心配した後輩たちが、再就職の相談に乗ってくれただけです。新しく会社を作ったから、体調が回復したら参画しないか、とね。相談があるというから、わざわざ広島を出てやってきたんですよ。最近は体調が良かったからね」

「へえ、でもそのこと、あなたの代理人、間城先生はご存じないんでしょう。今日打ち合わせの約束だったのに、体調が悪いからという理由で、急きょキャンセルになったと聞いていますよ」

「代理人にどう説明しようと、あなたたちには関係ない。それよりも、嘘の用件で僕を呼び出すなんて、どういうつもりですか。警察に言いますよ」

「警察はやめておいたほうが、あなたのためですよ。急ぎの用だから来てくれという程度の用件で慌てて出てくるくらいだから、相当危ない橋を渡るビジネスを計画してるんじゃない？　それこそ、代表が突然捕まってもおかしくないような」

後輩たちは仮病と承知したうえで、新法人のメンバーとして迎え入れる約束をしていた。前職で世話になった恩があるからだ。

代理人の弁護士には本当の話をしていない。仮病だとバレると、弁護士に動いてもらえなくなるからだ。法曹（ほうそう）倫理上、弁護士は虚偽と分かっている主張をすることができない。

おそらく母の元子は、息子がよからぬことを企んでいるのを知っていただろう。やせ細った元子の姿が脳裏に浮かんだ。亮介がきつく言えば、元子は言いなりになるのかもしれない。

「亮介」

聡美は亮介の正面に回り込んだ。

「正直に言って。病気は嘘だったの？　養育費から逃れるための」

復縁を望んでいたというのも、嘘だったの？

続けて訊こうとして、言葉が詰まった。亮介からの愛情を期待していると思われるのは癪だった。

復縁すれば養育費を払わないで済む。最小限の生活費を渡す必要はあるが、その金で、自分の身の回りの世話をしてくれる女が手に入る。亮介の行動は全て、経済的合理性で説明できるように思えた。

「お前には何を言っても分からない」

吐き捨てるように亮介は言った。

「今なら分かるよ。前は、あなたのことをちゃんと見ていなかった。あなたのこと、自分とは違う、化け物か何かだと思っていた。だけど今なら」

紬先生が心配そうにこちらを見た。

聡美は、大丈夫ですよ、という気持ちを込めて、うなずいて見せる。

「今なら、あなたが一人の人間に見える。もう怖くない。あなたと私、人間同士、正々堂々、交渉できる。養育費はきっちり払ってもらう。逃げても無駄だよ。どこまでも追いかけてやる」

じっと亮介をにらみつけた。

宙で視線がかちあうと、亮介は一瞬、たじろいだような顔をした。

思えば、これまでに厳しい顔を亮介に向けたことがなかった。亮介を恐れ、正面から戦うのを避けていた。

亮介は「なんだよ」とつぶやいて、後ずさった。

「金の話は、代理人を通じてやってくれ」

「それはもちろん」紬先生が完全無欠な笑顔で答えた。「私がガッツリ、交渉させてもらいますよ」

亮介は紬先生を一瞥（いちべつ）すると、その脇を抜けて、階段をおりていった。カンカンカンッという足音が響いた。

聡美はもう、亮介の跡を追わなかった。

ハァと大きく息を吐き、背を丸めて両手を膝についた。心臓がまだバクバクしている。深呼吸して上半身を起こし、亮介が走り去った方向を見る。なぜだか頬がゆるみ、「ハハ」と乾いた笑い声がもれた。

悪縁が切れたな、と思った。妙に爽快な気分だった。

近くの街灯が切れかかり、カチッカチッと音を立てている。せわしなく行き来する車の音がそれをかき消す。駅舎の向こうに、まん丸の月が浮かんでいた。

「月見、行けなくてごめんね」

紬先生が空を見上げながら言った。

その言葉を聞いて、先ほどまでの不可解な状況が頭の中でほどけてきた。

「亮介を呼んで、私と会わせるために月見を企画したんですか？」

「そうだよ。出雲君たちにも協力してもらってね」

紬先生の話によると、亮介を東戸塚駅に呼び出したうえで、電話で店に行くよう指示する予定だったという。事前に店の情報を教えておくと、予約者名を確認されるおそれがあった。

「どうせ、電話で伝える住所とか、道順を間違えたんでしょう？」

聡美が言うと、紬先生はバツが悪そうにうなずいた。

亮介は予定通りの時間に店に来なかった。集合場所を探して、三十分近く周辺をウロウロしていたらしい。

さらに言えば、亮介の跡をつけていた紬先生自身も迷子になり、なんとか東戸塚駅にたどり着いたところで、引き返してきた亮介と鉢合わせた。

こうなると、当初の計画もグダグダである。

「先生は行きなれた場所にも自分でたどり着けないのに、人に道案内なんてどだい無理ですよ。いつも私がどれだけ出張の前に準備してあげているか」ふと思いついて、紬先生を見る。

「もしかして、出雲さんに私を引きとめさせたんですか？」

「分かった？」となぜか嬉しそうに見つめかえしてきた。「亮介さんがお店の近くまで行ってるはずだったから、そこで鉢合わせるように誘導をお願いしたんだよ。よかったあ。出雲君にはいつも助けられるなあ」

などと、のんきに言っている。やはり鈍感なのだ。

先ほどの気まずそうな出雲の顔が脳裏に浮かぶ。可哀想だ。紬先生の頼みだから、無理を承知で奮闘していたのだ。

紬先生の行く末を心配する悠太に対して、「放っておいてやってください」「俺にできるのは、見守ることだけですよ」と言っていた。

出雲の言葉を伝えたら、紬先生はどんな反応を示すだろう。喜ぶだろうか。それとも照れるか。

話してみようかと、少しだけ迷った。だが話したところで、紬先生は暖簾に腕押し、「出雲君、優しいよねえ」と、能天気に流してしまいそうだ。

聡美は一人苦笑した。いずれ出雲本人から紬先生に伝える日がくるかもしれない。そのときまで、彼の言葉は胸のうちにしまっておくことにする。

二人は連れ立って歩きだした。道端でタクシーをとめて、北鎌倉へ戻った。

駅前で互いに手を振って別れる。凛とした秋の空気が心地よかった。明るい月明かりの下、自分の影を踏みながら、ゆっくり歩いて帰った。

亮介との交渉は、それから三カ月以上続いた。

紬先生と間城先生の間でやり取りしてもらったから、亮介とは顔を合わせていない。翔との面会交流も、亮介の都合でキャンセルが続いていた。

記録的な寒波が続き、年末年始は関東一帯に雪が降っていた。年越しや初詣にも、いまいち気分がのらない。じりじりと焦るような気持が聡美を圧迫していた。

「養育費はきっちり払ってもらう」と啖呵を切ったものの、先のことは心配だらけだった。もし養育費が取れなかったら、翔に満足な教育を受けさせられないかもしれない。仕事を変えるか、アルバイトを増やすか。頭が痛かった。

ただでさえ実家の両親に依存している。両親がいつまでも元気とは限らない。父の持病が悪化する可能性は十分にあった。介護の負担が生じるだけでなく、翔のシッター代も必要になってくる。

平和な日常だと思っていたが、実は崖の縁に立っていたのかもしれない。ふと足元を見ると、生活の基盤は思いのほか不安定だ。一度足場が気になると、立っているのが急に恐ろしくなる。

仕事始めの一月四日、残雪を避けながら出所する。

「おはようございます」

と入り口で挨拶をしたら、すでに出勤していた出雲がくちびるに人さし指をあて「しー」と言った。

もしかしてと思ったら、紬先生がソファに横になって寝ていた。ブランケットがきっちりかけてある。また徹夜したのだろう。

その周りを、トメ吉とハネ太が楽しそうに走り回っている。

散乱した書類を片付けようと近づくと、トメ吉は迷惑そうに顔をそむけて逃げだし、ハネ太は甘えた声で「んにゃんにゃ」と鳴きながら、聡美の脚に頭をこすりつけた。

その瞬間、紬先生はびくっと身体を起こした。その動きが急だったせいで、周辺に積まれたドッチファイルの山が崩れた。驚いたらしいハネ太が跳びのいた。

紬先生はぼんやりと周囲を見回し、ハッとした表情で机の上のメモを手にとった。

「小山田さん、これ」

年賀の挨拶をする間もなく、メモを受け取る。

『牧田さん：月額十万円。一時金として二百万円。

牧田さんのお母さん（退職金）：一時金として三百万円』

メモを持つ手が震えた。

「もしかして、この条件で合意できそうなんですか？」

紬先生は寝癖のついた髪をなでつけながらうなずいた。

「うん。最終的にこの条件になりそう。牧田さんの休職期間が終わって無事転職したとしても、前職と比べるとやっぱり年収が下がるみたい。今は小山田さんも働いているから、毎月の養育費は減額やむなしという感じ。でもその分、不動産譲渡益とお母さんの退職金から、一時金をもらう約束を取りつけてきたから」

「先生、ありがとうございます」

思わず駆けよって、紬先生の手をとった。

ホッとして、身体の中心がじんわりと暖かくなる。まとまった額を受けとれる目途が立って、想像以上に、心が解れていく。

心配ばかりの生活のなかで、お金は最大の安心材料だった。

「たかがお金、されどお金、よね」聡美の考えを読んだように、紬先生が言った。「大丈夫よ。不思議なもので、簡単に切れる縁もあれば、なかなか切れない縁もある。男女の縁は切れたけど、親子の縁は切れさせないよ。切りたい縁だけスパッと切るのが、縁切りの極意だからね」

はにかむように笑う紬先生は、朝日を浴びて神々しく見える。あたりに舞いあがる埃すら、きらきらと光っていた。

「どら焼き買ってきたぞお」

と玄太郎が扉をあけた。

「お父さん、甘いものばっかり食べてると、また健康診断にひっかかるよ」

紬先生があきれたように言う。

「別に、俺ばっかり食べてるわけじゃないよ。ねえ、出雲君――」

出雲が口を開きかけたとき、

「おうい、待ってくれ！」

事務所の外で男が叫ぶ声がした。

もしや、と思って扉から顔を出す。他の三人も同じことを考えたらしい。それぞれに身を乗りだして、外を見た。

髪を振り乱した女の人が走ってくる。足元はゴムサンダルで走りにくそうだ。身に着けたエプロンが肩からずり落ちて、いまにも取れそうになっている。

「新しいお客さんね」紬先生がにんまりと笑った。

「ほら」玄太郎が得意げな顔をした。「どら焼き買ってきて、よかっただろ」

今は昔、鎌倉は縁切寺で名高い土地だった。日本じゅうから、自由と尊厳を求めて駆け込む女性たちがいた。彼女たちは仏に救いを求めた。

現代の女性たちは何にすがればいいのだろう。

今でもやはり、鎌倉にくればいいのかもしれない。

そこには名うての縁切り弁護士がいるのだから。

亮介の顔をちらりと思い浮かべ、聡美は小さくつぶやいた。

「またいびりたくば鎌倉までおいで」

不思議そうに紬先生がこちらを見る。その瞳の中に、じっと前を見据える自分の姿があった。

《参考文献》

髙木侃『松ヶ岡川柳―東慶寺の縁切りを読みとく―』（東慶寺文庫）
井上禅定『東慶寺と駆込女』（有隣堂）
東京弁護士会法友全期会家族法研究会編『離婚・離縁事件実務マニュアル　第4版』（ぎょうせい）
東京弁護士会弁護士研修センター運営委員会編『弁護士専門研修講座　離婚事件の実務』（ぎょうせい）
松本哲泓『即解330問　婚姻費用・養育費の算定実務』（新日本法規）
相原佳子編『Q＆A　子どもをめぐる離婚事件実務――弁護士が知っておくべき基礎知識』（青林書院）
第二東京弁護士会子どもの権利に関する委員会編『事例解説　子どもをめぐる問題の基本と実務　学校生活、インターネット、少年事件、児童福祉、離婚・親権』（青林書院）
第一東京弁護士会全期旬和会編『必携　実務家のための法律相談ハンドブック』（新日本法規）
曽田多賀ほか編著『内縁・事実婚をめぐる法律実務』（新日本法規）
小島妙子『内縁・事実婚・同性婚の実務相談　多様な生き方を支える法律、社会保障・税金』（日本加除出版）

初出　「小説新潮」二〇二二年八月号～二〇二三年二月号
なお、単行本化にあたり、加筆修正を施しています。

◉この物語はフィクションです。
作中に同一の名称があった場合でも、
実在する人物、団体等とは一切関係ありません。

◉作中に登場する法律論には一部誇張や省略があり、
すべての事例に妥当するものではありません。
法的トラブルにお困りの際は、適切に弁護士に相談
してください。
きっと全国の紬先生が助けになってくれるはずです。
（著者）

新川帆立（しんかわ・ほたて）

1991年、アメリカ合衆国テキサス州ダラス生まれ、宮崎県宮崎市育ち。

東京大学法学部卒業後、弁護士として勤務。

第19回『このミステリーがすごい！』大賞を受賞した『元彼の遺言状』で2021年にデビュー。

他の著書に『倒産続きの彼女』『剣持麗子のワンナイト推理』『競争の番人』『先祖探偵』『令和その他のレイワにおける健全な反逆に関する架空六法』などがある。


縁切り上等！　離婚弁護士　松岡紬の事件ファイル

著者／新川帆立

発行／2023年６月30日

発行者／佐藤隆信
発行所／株式会社新潮社
〒162-8711　東京都新宿区矢来町71
電話・編集部 03(3266)5411・読者係 03(3266)5111
https://www.shinchosha.co.jp

装幀／新潮社装幀室
印刷所／錦明印刷株式会社
製本所／大口製本印刷株式会社

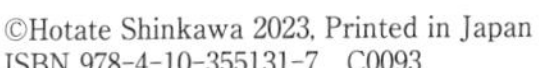
ISBN 978-4-10-355131-7　C0093